Georg M. Oswald

Alle, die du liebst

Georg M. Oswald

ALLE, DIE DU LIEBST

Roman

PIPER
München Berlin Zürich

Mehr über unsere Autoren und Bücher:
www.piper.de/literatur

Von Georg M. Oswald liegen im Piper Verlag vor:
Wie war dein Tag, Schatz?
Unter Feinden
Alle, die du liebst

MIX
Papier aus verantwortungsvollen Quellen
FSC® C014496

ISBN 978-3-492-05752-3

Gesetzt aus der Janson
Satz: Kösel Media GmbH, Krugzell
Druck und Bindung: GGP Media GmbH, Pößneck
Printed in Germany

1.

Ich wollte meinen Sohn wiedersehen, egal wie schwierig es werden würde, und Ines unterstützte mich dabei. Wir landeten in Mombasa und stiegen nach der Passkontrolle und einigen eher umständlichen Formalitäten in eine zweimotorige Propellermaschine, die uns nach Malindi flog. Mit uns waren etwa zwanzig Leute an Bord. Wir kauerten auf kleinen, mit dünnem, grauem Kunststoff überzogenen Metallsitzen. Das Dröhnen der Triebwerke erfüllte die Kabine und machte jede Unterhaltung unmöglich. Ines und ich hatten während des vorangegangenen Nachtflugs kaum ein Auge zugetan und waren völlig erschöpft. Auch die Tabletten zur Malariaprophylaxe hatten damit zu tun. Wir nahmen sie gemäß ärztlicher Anordnung schon seit einigen Tagen ein. Obwohl sie angeblich ohne Nebenwirkungen sein sollten, fühlten wir uns schlapp, und unsere Mägen rebellierten.

Dumpf vom Lärm verbrachte ich die Flugzeit damit, meine Mitreisenden anzustarren. Da waren vier weiße, durchtrainierte Männer mit Bürstenhaarschnitten. Sie trugen Zivil, dennoch hielt ich sie für amerikanische

Militärs. Eine Gruppe von fünf oder sechs schick und teuer gekleideten jungen Männern und Frauen wirkten auf mich, als hätten sie, wie ich, die Nacht durchgemacht, allerdings freiwillig und auf Partys. Sie sahen arabisch aus, waren aber gekleidet wie westliche Jeunesse dorée. Sie wussten, wie man sich miteinander unterhielt, ohne sich zu hören, und schienen ihren Spaß zu haben. Neben uns saß die einzige Schwarze in der Maschine, eine ernste junge Frau mit drei kleinen Kindern. Die übrigen Passagiere waren Paare oder einzelne Reisende. Ich dachte an einen Satz des Tropenarztes, der uns geimpft und die Medikamente verschrieben hatte: »Sie sollten einen guten Grund für diese Reise haben. Abenteuerlust würde ich nicht dazu zählen.«

Wir hatten einen weitaus besseren: Erik, meinen Sohn. Ines und ich waren getrennt zum Tropenarzt gegangen. Als wir unser Reiseziel nannten, hielt er sie für eine Entwicklungshelferin, mich für einen Sextouristen. Er sagte es nicht so direkt, fragte Ines aber, für welche Organisation sie arbeite, und mich, ob auch eine HIV-Rate von über fünfzig Prozent meinem Reisewunsch nichts anhaben könne.

Ich versuchte, Überlegungen anzustellen, aus welchen Gründen die anderen in diesem Flugzeug saßen, kam damit aber natürlich nicht sehr weit. Um die Mittagszeit setzte die Maschine sanft auf der Landebahn des Malindi Airport auf.

Als wir auf die Gangway ins Freie traten, hielten wir Ausschau nach Erik, aber sahen ihn nirgends.

»Ich hab's geahnt«, sagte ich, und im selben Augenblick tat es mir leid.

Ines sah mich kritisch an. »Er hat versprochen, uns abzuholen. Also wird er schon kommen.«

Das Flugfeld war fast ganz leer, es herrschte kaum Betrieb. Ein paar Arbeiter in abgerissenen Kleidern wuchteten das Gepäck aus dem Frachtraum auf einen wackeligen Kofferwagen, bis er völlig überladen war, und fuhren ihn, seltsamerweise ohne auch nur ein Stück zu verlieren, zum Flughafengebäude.

»Siehst du ihn irgendwo?«, fragte ich Ines, als könne sie Erik leichter entdecken als ich, obwohl sie ihn nur von ein paar Fotos im Internet kannte.

»Nein, wahrscheinlich ist er da drin«, erwiderte sie.

Sie deutete auf den Teil des Flughafengebäudes, in dem sie die Ankunftshalle vermutete. Bereits jetzt spürte ich, wie meine sorgfältig ausgewählte Tropenkleidung begann, mir am Körper zu kleben. Es herrschte eine stechende Hitze. Aus meinem Rucksack, den ich als Handgepäck dabeihatte, zog ich eine sandfarbene Kappe und setzte sie mir auf. Ich kam mir idiotisch vor in diesen Klamotten, aber wir hatten nichts dem Zufall überlassen und uns in einem Outdoor-Laden ausstaffieren lassen. Der Verkäufer war nicht davon abzubringen gewesen, uns als Abenteurerpärchen zu betrachten, das sich in seinem Jahresurlaub mit Vorliebe ungewohnten, ja gefährlichen Situationen aussetzte. Vereinzelt und in kleinen Grüppchen standen wir auf dem Rollfeld herum und waren unschlüssig, ob wir abgeholt würden oder uns selbst auf den Weg machen sollten. Zu unserer Überraschung kamen keine Stewards, sondern zwei Soldaten in Kampfanzügen und weinroten Baretts vom Flughafengebäude auf uns zu und winkten uns, wenig zuvorkommend, zu sich. Wir bewegten uns in ihre Richtung und traten in eine recht übersichtliche Halle ein. Auch dort konnte ich Erik nirgends entdecken. Das Gepäck unseres Fluges lag auf einem großen Haufen neben einem Tisch, hinter dem sich einer der beiden Soldaten aufstellte. Der andere wies uns barsch an, uns in eine Reihe zu stellen. Ich war erleichtert, als ich in dem Berg von Koffern unsere beiden erspähte. Wir nahmen sie auf und warteten, bis wir dran waren. Der Mann hinter dem Tisch winkte zuerst, ohne sie anzusehen, Ines mit herrischer Geste weiter. Dann kommandierte er mich mit dem Zeigefinger zu sich und verlangte mit knappen, energischen Handzeichen, ich solle meinen Koffer vor ihm auf dem Tisch öffnen.

Ich war oft genug auf Reisen, um zu wissen, dass es keinen Sinn hat, sich mit dem Sicherheitspersonal anzulegen. Ich lächelte ihn verbindlich an, um ihn milde zu stimmen, doch erwartungsgemäß reagierte er nicht darauf. Er ließ mich die Zahlenschlösser öffnen. Vielleicht fühlte er sich durch meine ausgestellte Freundlichkeit sogar ein wenig provoziert. Er bedeutete mir zurückzutreten und begann, aufreizend langsam, meine Sachen zu inspizieren. Ein Stück nach dem anderen lüpfte er zwischen Daumen und Zeigefinger hoch und begutachtete es, teils spöttisch, teils so, als überlegte er, es für sich zu behalten. Er wartete nur auf meinen

Protest, aber den Gefallen tat ich ihm nicht. Ein Adapter hatte sein besonderes Interesse geweckt, er behielt ihn in der linken Hand, während er mit der rechten ein Paar Kopfhörer aus der Seitentasche zog. Beides hielt er mir mit einem Stirnrunzeln entgegen, so als habe sich ein schlimmer Verdacht bestätigt.

»Adapter. Headphones«, sagte ich, wobei es mir nicht vollständig gelang, meinen Ärger zu unterdrücken. Meine Erklärung schien ihn nicht zufriedenzustellen. Wir sahen uns ein wenig länger in die Augen, als der Situation angemessen gewesen wäre. Ich glaubte, leisen Spott in seiner Miene zu finden. Ohne den Blick von mir zu nehmen, ließ er die Sachen in den Koffer fallen und schickte mich mit dem gleichen herrischen Winken weiter wie zuvor Ines. Ich selbst musste meinen Koffer wieder schließen, was mir nicht auf Anhieb gelang. Der Soldat trieb mich, jetzt unfreundlich und ziemlich lautstark, zur Eile an. Ich zog den Koffer vom Tisch, er knallte zu Boden, Ines sprang herbei. »Lass nur, ich mach das schon!«, fuhr ich sie an, überflüssigerweise. Der Soldat dachte nicht daran, uns zu helfen oder sich auch nur zu entschuldigen. Er ignorierte uns ostentativ und war schon mit den Nächsten beschäftigt. Ich baute mich auf, holte tief Luft, bevor mich Ines am Arm zog.

»Das bringt doch nichts«, sagte sie.

Wütend und zugleich erleichtert, die erste Hürde hinter uns zu haben, schleppten wir unsere Habe bis zur nächsten Schlange, die zur Passkontrolle anstand.

Ein sehr junger, schmächtiger Soldat ging von einem

der Wartenden zum nächsten und drückte jedem ein fotokopiertes Blatt in die Hand. Was darauf stand, war kaum leserlich, ich faltete es zusammen und legte es in meinen Pass. Es dauerte ewig, bis wir an die Reihe kamen. Eine dralle Frau mit aufwendig ondulierten Haaren in einer andersfarbigen Uniform verglich finster und streng unsere Passfotos mit unseren Gesichtern. Als wir schon glaubten, es gäbe nichts auszusetzen, tauchte ein älterer, höherrangiger Soldat hinter ihr auf und stellte ihr barsche Fragen, auf die sie, wie es schien, keine guten Antworten hatte. Er zupfte ihr die Pässe aus der Hand, gab sie uns zurück und redete laut auf uns ein. Ich verstand die Worte *Visa*, *permission* und *fifty dollars*. Wir hatten die Visa in Deutschland bezahlt und entsprechende Stempel in unseren Pässen. Ich setzte an, ihm das zu erklären, aber er ließ mir nicht die Zeit dazu, sondern entriss mir den Pass wieder, nahm den Zettel heraus, strich ihn mit wilden Bewegungen auf dem Pult vor sich glatt und hielt ihn mir dicht vor die Nase.

»No permisson! You pay!«

Köpfe drehten sich in unsere Richtung. Die gedemütigten Blicke der ondulierten Frau sagten mir, ich solle besser verstehen.

»How much?«, fragte ich umstandslos. Dies war natürlich nichts weiter als ein Erpressungsversuch. Aber das Theater musste ein Ende haben.

»Fifty dollars, each«, sagte er, wie jemand, der zufrieden ist, dass seinen Anweisungen endlich Folge geleistet wird. Ich zog meinen Geldbeutel aus der Seitentasche meiner Hose. Auf der Homepage des Bundesaußenministeriums mit den Reisewarnungen, die ich eingehend studiert hatte, war zu lesen, dass man genau das nie tun sollte: seine Geldbörse in aller Öffentlichkeit herausziehen, um ihr große Scheine zu entnehmen. Aber war es vielleicht für irgendjemanden eine Überraschung, dass wir, gut gekleidete Europäer mit großem Gepäck, nach hiesigen Verhältnissen unermesslich reich waren? Ich zog zwei Fünfzig-Dollar-Noten heraus. Eine davon entsprach in etwa dem durchschnittlichen Monatslohn in diesem Land. Vielleicht war der Soldat gerade dabei, den seinen zu verdreifachen, und demonstrierte vor aller Augen, mit mir sei das ohne große Anstrengung zu machen. Ich gab dem Mann die Scheine.

»Die steckt der sich sofort in die eigene Tasche«, knurrte ich.

»Dann kriegen er und seine Familie vielleicht mal was Vernünftiges zu essen«, hielt Ines dagegen.

»Oder er versäuft's«, sagte ich.

Wir durften in die Ankunftshalle, wo in einem weiten Halbkreis Dutzende Männer Pappschilder mit Namen in lateinischer und arabischer Schrift hochhielten. Ich achtete nicht weiter auf sie, denn Erik musste hier irgendwo stehen. Aber ich fand ihn nicht. Ich zog mein Smartphone aus der Tasche und wählte seine Nummer, die Nummer, unter der ich ihn in den vergangenen Wochen während der Reisevorbereitungen immer problemlos erreicht hatte. Jetzt nahm er nicht ab. Ich sprach ihm auf die Mailbox und bemühte mich, dabei so wenig vorwurfsvoll oder gar verzweifelt zu klingen wie möglich.

»Er wird jeden Moment zurückrufen«, sagte ich zu Ines, die die Stirn runzelte. Ich hatte ihr schon gesagt, Erik sei jederzeit für Überraschungen gut, aber dass er uns derart hängen ließ, nachdem die letzten Wochen ganz im Zeichen der Wiederannäherung gestanden hatten, erstaunte mich. Erik wollte, dass wir ihn besuchen kommen. So jedenfalls hatte er sich immer wieder geäußert. Schließlich sollte ich das Leben kennenlernen, das er sich hier, fernab meines eigenen, aufgebaut hatte. Je länger wir herumstanden, desto mehr wurden wir, devot und doch hartnäckig, von Männern bedrängt, die uns ihre Fahrdienste anboten. Viele von ihnen machten einen erbärmlichen Eindruck, arm und in Lumpen. Irgendwoher tauchte plötzlich ein lächelnder junger Kerl auf, kam direkt auf uns zu und griff nach meinem Koffer.

»Kiani, Sir. I'll bring you to Kiani. Mister Jack is awaiting you. Come my way.«

Ich war irritiert. »Mister Jack« war ein Name, den Erik einige Male erwähnt hatte. Angeblich war Mister Jack eine Art Immobilien-Tycoon. Der Mann, der ihm die Strandbar verkauft hatte, die Erik nun betrieb. Sein »Geschäftspartner«, wie er ihn nannte. Zugegeben, mir stellten sich bei dieser Bezeichnung die Nackenhaare auf.

»You know Erik? Erik Wilke? He's my son.«

»Yes, sure I know Mister Erik. I know Mister Jack, Mister Erik. I'll bring you to him.«

Ich sah Ines fragend an, die mit den Achseln zuckte und nicht abgeneigt schien, sich auf sein Angebot einzulassen. Das animierte die Umstehenden, es ebenfalls noch einmal zu versuchen, bis einer von ihnen, deutlich besser gekleidet als die anderen, zu uns durchdrang und seine Konkurrenten mit Gefuchtel und Flüchen verscheuchte. Er schlug nach dem jungen Mann, der sich wegduckte und schrie:

»You want to go to Mister Erik, you come with me, he sent me! This man is a crook, he can't say who sent him.«

Das Weiße in seinen Augen war stark gerötet, ich fragte mich, ob er betrunken war oder unter Drogen stand.

»You are Hartmut Wilke, and Mister Erik is the owner of the Boko-Boko-Bar and a good friend of Mister Jack and your son and he sent me to pick you up because he can't come, so you come with me and I bring you to Kiani, my name is James, I carry your luggage.« Er griff nach unseren Koffern.

Wir ließen ihn gewähren.

»How did your colleague know we are going to Kiani? And why?«, fragte ich ihn.

»He is not my colleague. He knew because you look like. And because everybody knows.«

Die Antwort bestätigte mich in der Annahme, wir seien leichte Beute und als solche einfach zu erkennen. Konnten wir denn sicher sein, dass James die Wahrheit sagte? Wir hatten nichts außer seiner, allerdings glaubwürdigen, Behauptung. Woher sollte er meinen Namen haben, wenn nicht von Erik? Doch unabhängig davon sorgte ich mich um seine Fahrtüchtigkeit. Er war sehr wahrscheinlich von irgendetwas high. Zielstrebig, in jeder Hand einen Koffer, führte er uns aus dem Flughafengebäude hinaus zu einem japanischen Kleinbus. Der Wagen wäre in Deutschland sofort aus dem Verkehr gezogen worden. Für hiesige Verhältnisse schien er vollkommen in Ordnung zu sein.

Wir fuhren auf einer Landstraße nach Norden. Ich sah, wie James sich ein paar Blätter in den Mund schob, auf denen er dann lange herumkaute. Er beschleunigte den Wagen so lange, bis ein Alarmsignal ertönte, ähnlich dem synthetischen Glockenton beim Anschnallen. Musste er aus irgendeinem Grund kurz das Tempo drosseln, stieg er gleich danach wieder so lange aufs Gas, bis der Ton erklang.

Ines fragte ihn, ob es ihm etwas ausmache, langsamer zu fahren.

»No, no, no. No problem«, sagte er, behielt aber das Tempo unvermindert bei. Ich startete einige Versuche, mich mit ihm zu unterhalten, aber wir kamen recht schnell an unsere sprachlichen Grenzen. Ich wollte mit ihm über die Sicherheitslage im Land sprechen, über die Überfälle auf Touristen, die Entführungen und die Attentate auf die Bevölkerung in den umliegenden Dörfern. Ich hatte die Warnungen der offiziellen Stellen im Internet gelesen, aber Erik hatte mir stets versichert, sie seien völlig überzogen.

»In Deutschland sterben jedes Jahr fünftausend Menschen auf den Straßen. Fährst du deshalb nicht mehr Auto? In der Region sind in den letzten zwei Jahren ein paar Überfälle passiert, ja, aber das waren jeweils ganz bestimmte Situationen, in denen sich Leute unnötig in Gefahr gebracht haben. Oder es handelte sich um Stammesfehden. Insgesamt gab es ein paar Dutzend Tote. Das ist kein Grund, nicht mehr ins Land zu kommen. Okay, es ist Afrika, aber es ist wunderschön!«

Als ich anzweifelte, was er sagte, erklärte er, falls wir kämen, würde er für unsere Sicherheit garantieren.

»Hier auf Kiani kann euch nichts geschehen, bei mir seid ihr absolut *safe*.«

Ines war nicht gerade der ängstliche Typ, und die Fotos, die uns Erik von seinem Haus, dem Strand, den Straßen von Kiani mailte, bildeten eine malerische, tropische Idylle ab, die sich mit den Reisewarnungen des Auswärtigen Amtes kaum in Einklang bringen ließ. Letztlich mussten wir uns auf das verlassen, was Erik uns erzählte, und wir mussten uns entscheiden, ob wir ihm unser Vertrauen schenkten oder nicht. Und genau darum ging es ja wohl bei dieser ganzen Reise, um Vertrauen, das enttäuscht worden war und wiederhergestellt werden sollte. So betrachtete ich es jedenfalls zu diesem Zeitpunkt. Ungläubig starrten wir aus den Fenstern und sahen überall Armut, Krankheit, schiere Not. Wir schienen etwas anderes zu sehen als James, der bester Stimmung war. Er stellte sich als zuverlässiger Fahrer heraus und setzte uns wie vereinbart an der Ablegestelle der Fähre nach Kiani Island ab.

Er wartete mit uns auf das Boot, hatte ein Auge auf unser Gepäck und verjagte bettelnde Kinder, wieder mit einer Heftigkeit, die Ines protestieren ließ.

Noch immer hörten wir nichts von Erik. Er rief nicht zurück, sendete keine Nachricht, nichts. Ich war nun eher in Sorge, es könnte irgendetwas geschehen sein, als verärgert. Wir hatten uns seit Jahren nicht gesehen, uns über seinen Wunsch, eine Bar am Strand von Kiani Beach zu kaufen, endgültig entzweit, weil er dafür Geld von mir wollte, das er von mir nicht bekam, und nun hatte es sich ergeben, dass wir ihn genau hier besuchten. War das nicht eine späte Anerkennung seiner Entscheidung, die ihm guttun musste?

Die Fähre war, wie sich herausstellte, nicht mehr als ein langer, schmaler Kahn, angetrieben von einem tuckernden, kleinen Außenbordmotor. In Booten ähnlich dem unseren, die neben uns fuhren, sah ich einige der Leute wieder, die ich im Flugzeug beobachtet hatte. Die vier amerikanischen Soldaten, die jungen Araber, die Frau mit den drei Kindern. In Sichtweite lag der Hafen von Kiani Town, auf den wir nun zufuhren. Mit uns im Boot saßen eine Engländerin, ein Australier, ein Italiener, ein Franzose. Wir stellten uns einander nicht wirklich vor, aber fanden es, so eng wir aufeinanderhockten, doch angebracht, wenigstens zu sagen, woher wir kamen. Die Uferpromenade von Kiani präsentierte sich so malerisch wie imposant, was vor allem an den ungewöhnlich großen, alten Bauten im maurischen Stil lag, die im besten Zustand zu sein schienen. Soweit ich sehen konnte, waren es Wohn-

und Geschäftshäuser, Moscheen. Wir hielten auf eine Insel zu, die von vielen Problemen des Festlandes verschont war. Das jedenfalls erzählten die Reiseführer. Während die verarmten Bewohner der Küstenorte wenig erfolgreich versuchten, ein bisschen vom Tourismus auf Kiani Island zu profitieren, wusste man sich dort offenbar wirkungsvoll abzuschotten. Anders als diese Siedlungen war die Insel stark islamisch geprägt. Schon der erste Blick auf den Hafen bestätigte das.

Auf der Kaimauer herrschte reger Betrieb. Ein Massai fiel mir auf, in leuchtend rotes Tuch gehüllt. Er lief unruhig hin und her, als erwarte er jemanden oder etwas. Die meisten Menschen trugen arabische Kleidung, er sah so fremd unter ihnen aus, dass ich mich fragte, ob er vielleicht nur als Touristenattraktion auftrat. Doch dafür wirkte er zu sehr mit irgendetwas anderem beschäftigt, lief hin und her, hin und her. Wir legten an einem der Piers an. Helfende Hände reckten sich nach uns, und nach einem Satz hatten wir festen Boden unter den Füßen. Als ich mich umsah, war der Massai plötzlich verschwunden, als hätte er sich in Luft aufgelöst, und im nächsten Moment, ich hatte ihn gar nicht kommen sehen, stand Erik vor mir. Sein Anblick machte mich sprachlos. Er trug einen Vollbart, wie ein islamischer Prediger, war ganz in Weiß gekleidet und trug das, was man, glaube ich, eine Kurta nennt, sowie eine weiße Gebetsmütze. Ich hatte ihn noch nie mit Bart gesehen. Falls er zum Islam konvertiert war, hatte er das äußerst diskret für sich behalten.

Ich musste an die rätselhafte Postkarte denken, die er mir zweimal geschickt hatte:

Dieses Verbrechen hat mir mein Vater angetan
Ich habe niemandem dieses Verbrechen angetan.

Grabinschrift des Abu l-'Ala' al Ma'arri
(11. Jahrhundert)

Ich stellte mir eine ganze Menge Fragen auf einmal. Erik war, soweit ich das beurteilen konnte, nie besonders religiös gewesen. Carla und ich hatten auch keinen großen Wert auf eine christliche Erziehung gelegt. Einer der Punkte, in denen wir uns ausdrücklich einig gewesen waren. Ich muss zugeben, ich fand seinen Aufzug alarmierend. Ansonsten sah er sehr gut aus, bronzefarbene Haut, schlank, gesund, kräftig. Ich konnte nicht anders, als ihn lange und fest zu umarmen, und er erwiderte diese Umarmung so herzlich, dass ich in diesem Augenblick den Entschluss fasste: Was auch immer uns in den vergangenen Jahren auseinandergebracht hatte und was auch immer jetzt zwischen uns stehen mochte, wir würden es nun aus dem Weg räumen, und so wie er sich anfühlte, sah er das offenbar genauso.

Ich stellte ihm Ines vor, die er sichtlich erfreut und zu meiner Erleichterung mit westlicher Lässigkeit begrüßte. Die beiden waren etwa gleich alt und sie schienen sogleich die Faszination zu verspüren, die Gleichaltrige in vielen Fällen miteinander verbindet. Ich muss zugeben, dass der bloße Anblick der beiden mich mit Eifersucht erfüllte, weil mir klar war, wo immer wir zu dritt auftauchten, würden sie für das Paar gehalten werden und ich für den Papa. Aber der Gedanke beschäftigte mich nicht lange, denn Erik, mit dem ich über Jahre hinweg nicht mehr geredet hatte, als es in zwei verbissen geführten Telefongesprächen möglich gewesen war, schien sich vorgenommen zu haben, das Versäumte nachzuholen. Er wirkte aufgeräumt und offen.

»Wundert euch nicht über meinen Aufzug«, sagte er, »aber er erklärt vielleicht, warum ich euch nicht vom Flughafen abholen und noch nicht einmal Bescheid geben konnte.«

»Wieso das?«, fragte ich.

Kinder kamen herbei und bettelten darum, unsere Koffer tragen zu dürfen. Erik herrschte sie an, sie sollten das Gepäck zu seinem Auto tragen, und war dabei so wie zuvor auch James, wie wir fanden, unnötig scharf. Er deutete auf einen sandfarbenen Land Rover Defender, der in knapper Entfernung von uns am Straßenrand stand.

»Ich hatte ein Treffen mit ein paar wichtigen Leuten, bei dem es um meine Konzession ging. Plötzlich standen zwei ihrer Männer vor meiner Tür und baten mich mitzukommen. Es wäre keine gute Idee gewesen zu sagen, ich hätte gerade keine Zeit.«

Es hätte mich interessiert, was das für wichtige Leute gewesen sein mochten und woran man »ihre Männer« wohl erkannte, aber ich fragte nicht danach, vielleicht, weil ich nicht wollte, dass er sich zur Rede gestellt fühlte. Erik half uns mit unseren Sachen in seinen Wagen, und wir fuhren auf einer unbefestigten Straße am Strand entlang nach Süden. Die Insel schien mir nicht besonders groß, etwa nach zehn Minuten führte uns unser Weg nach Osten, immer weiter an dem kalkweiß in der Sonne leuchtenden, menschenleeren Sandstrand entlang, bis wir in einer kleinen Siedlung ankamen, vielleicht zehn, fünfzehn Einfamilienhäuser. Die älteren stattlich, vermutlich portugiesisch und aus den Zwanzigerjahren des vergangenen Jahrhunderts, die neueren afrikanische Feriendomizile mit weißen Mauern, dunkelbraun eingelassenen Hölzern und kegelförmigen Strohdächern. Wir steuerten auf das prächtigste portugiesische Haus zu, das im Zentrum an einer Art Gemeindeplatz lag, eine Villa mit großer Terrasse, vor der Erik den Wagen parkte.

»Hier wohne ich«, sagte er.

Natürlich war ich beeindruckt, so beeindruckt, wie ich es sein sollte, nahm ich an. Das Gepäck ließen wir im Auto. Aus irgendeinem Grund zweifelte ich nicht daran, jemand würde es für uns ins Haus tragen. Zu meiner Überraschung war nicht abgesperrt, und in dem großen Wohn- und Esszimmer, das im Inneren direkt an die Terrasse anschloss, tummelte sich ein ganzer Haufen zwanzig- bis dreißigjähriger Menschen, die sich um unsere Ankunft nicht sonderlich kümmerten. Eine größere Gruppe hing, entspannt ineinander verschlungen, auf zwei Sofas vor einem topmodernen Flachbildschirm herum und sah sich einen Spielfilm an. Eine kleinere saß, in eine lebhafte Unterhaltung verwickelt, am Esstisch. Ein schwarzer junger Mann mit hüftlangen Dreadlocks kam uns auf dem Weg zum Fernseher entgegen und begrüßte Erik mit »As-Salamu 'alaikum, brother«, was eindeutig ironisch und auf dessen Aufzug gemünzt war und von Erik genauso vergnügt mit »Wa'alaikum us-salām, brother!« beantwortet wurde.

»Das ist Doobie«, sagte Erik an uns gerichtet, stellte uns aber nicht vor. »Er ist Tauchlehrer bei Kiani Scuba. Eigentlich fast alle, die hier sind, arbeiten in der Tauchschule, oder in einer der Bars oder sonst irgendwie am Strand.«

Ich nickte, als wäre das eine wertvolle Information für mich.

»Ich gehe mich mal eben umziehen. Nehmt euch doch solange was aus dem Kühlschrank, wenn ihr wollt. Steht in der Küche dahinten am Ende des Ganges. Sollte noch was drin sein.«

Ines und ich blieben, wo wir waren, und sahen uns an. Sie war gut gelaunt, es gefiel ihr hier, und ihr Gesichtsausdruck sagte mir, ich solle mir jetzt nicht zu viel Mühe geben, etwas daran schlecht zu finden.

»Willst du einen Drink?«, fragte ich sie.

»Ich kann euch was mitbringen, bin sowieso gerade in die Küche unterwegs«, schaltete sich auf Deutsch mit amerikanischem Akzent eine schwarze Frau hinter mir ein, die etwas größer als ich war. Sie war jung, schlank, schön und lächelte entspannt.

»Ich bin Imani, Eriks Freundin. Er hat mir erzählt,

Sie würden heute ankommen, aber nicht, wann. Sie sind sein Vater, nicht wahr?«

»Ja, der bin ich. Jetzt bin ich ziemlich überrascht, er hat Sie gar nicht erwähnt.«

»Das sieht ihm ähnlich. Aber er ist entschuldigt. Wir sind erst seit gestern ein Paar. Aber wir kennen uns schon länger.« Sie wandte sich an Ines: »Und Sie sind?«

»Ich bin Hartmuts Freundin, Ines«, antwortete sie ein wenig säuerlich, was mich überraschte.

Imani überging es. »Ich mache uns jetzt eine Runde Gin Tonic, sind Sie dabei?«

»Sicher, gerne!«

Auf ihrem Weg in die Küche kam Erik Imani aus dem Schlafzimmer entgegen, jetzt in Shorts und T-Shirt, und sie gaben sich einen flüchtigen Begrüßungskuss.

»Ich habe gerade deinen Besuch auf Gin Tonics eingeladen. Willst du auch einen?«

»Ja, gerne, warum nicht?« An uns gewandt sagte er: »Kommt mit, ich führe euch eben kurz durchs Haus.«

Das Wohn- und Esszimmer machte den weitaus größten Teil des Hauses aus. Daneben lagen, an einem Gang aneinandergereiht, drei kleinere Zimmer, in denen jeweils Betten standen, es gab ein geräumiges Badezimmer und die solide eingerichtete Küche.

»Nicht schlecht für einen Strandbarbesitzer«, sagte ich zu Erik.

»Ja, ich war mir sicher, du würdest staunen. Ich freue mich, dass ihr jetzt hier seid.«

Imani kam mit einem Tablett Gin Tonics.

»Wollen wir uns raussetzen? Ich hätte Lust, eine zu rauchen«, sagte Erik, der zwei Gläser herunternahm und sie Ines und mir reichte.

»Geht ihr beide mal raus«, sagte Imani zu Erik und mir, »ich gebe Ines schon mal ein paar Tipps für die kommenden Tage.«

Ines stimmte freudig zu. Erik und ich nahmen an einem Tisch auf der Veranda Platz, er bot mir eine Zigarette an. Ich rauchte sonst eigentlich nie, aber ich fand, es gehörte sich, sie anzunehmen. Ich glaubte, es wäre gewissermaßen die offizielle Versöhnungszigarette nach all den Jahren, in denen wir nur ganz selten Kontakt zueinander gehabt hatten, und das eigentlich auch nur, um uns zu vergewissern, dass wir geschiedene Leute waren. Ich dachte, es wäre an der Zeit, seine Mutter zu erwähnen.

»Hörst du regelmäßig von Carla?«

»Natürlich. Ich bin auf dem Laufenden. Wir telefonieren jede Woche miteinander.«

»Dann weißt du auch, wie alles gelaufen ist, mit der Scheidung und so weiter.«

»Ja, ihr habt euch geeinigt, hat sie gesagt. Überraschend. Du hättest plötzlich nachgegeben und ihr das Haus überlassen.«

»Ja, ich sah keinen Sinn mehr, dafür zu kämpfen. Es war eine spontane Entscheidung.«

»Was hat dich dazu veranlasst?«

Ich war mir nicht sicher, ob ich ihm tatsächlich den wahren Grund nennen sollte. Ich entschied mich für eine Andeutung.

»Ich hatte einen Anruf bekommen, der mir klarmachte, dass alles seine Zeit hat.«

»Du meinst den Anruf, dass staatsanwaltliche Ermittlungen gegen dich laufen.«

Er war bestens informiert. Carla hatte ich beim Gerichtstermin davon erzählt, und selbstverständlich war mir währenddessen schon klar, dass das ein Fehler war. Aber manchmal will man einfach reden, egal, ob es ein Fehler ist oder nicht.

»Das weißt du also. Von Carla, nehme ich an.«

»Ja. Sie sagte aber, ihrer Meinung nach sei an der Sache nichts dran. Ein paar Leute machen sich wichtig, und am Ende wird das alles eingestellt.«

Die großmütige Einschätzung meiner Exfrau rührte mich ein wenig. Ich hoffte, sie würde recht behalten.

»Stimmt es, was sie mir noch erzählt hat?«

»Was hat sie dir noch erzählt?«

»Dass du die Anteile an der Kanzlei an deine Partner verkauft hast. Verkaufen musstest.«

»Ja, auch das stimmt.«

»Dann hast du ja jetzt einiges auf der hohen Kante, nicht wahr?«

Ines und Imani kamen aus dem Wohnzimmer zu uns auf die Veranda. Ich war froh um ihren Besuch.

»Wäre so ein Haus nicht auch was für dich?«, fragte mich Ines. Sie erschien mir etwas angetrunken. Ich hatte keine Lust, die Frage zu beantworten.

»Ich glaube, wir würden uns gerne ein bisschen ausruhen und frisch machen. Könntest du uns bitte unser Zimmer zeigen?«, fragte ich Erik.

»Oh, ich fürchte, da muss ich etwas erklären. Ich hatte gestern nicht damit gerechnet, dass so viele Leute eintrudeln würden, und dann kam mir die Sache mit Imani dazwischen. Wir sind erst seit gestern zusammen. Ich hätte ein paar Dinge besser im Auge behalten sollen. Aber wahrscheinlich ist es euch sowieso lieber, nicht in diesem Taubenschlag zu wohnen. Ich habe im Palace Hotel ein Zimmer für euch reserviert. Ich hoffe, das ist in Ordnung für euch, oder?«

Das war es. Wir tranken unsere Gin Tonics aus, und Erik brachte uns dorthin. Es war ein sehr schönes Gebäude, nicht sehr groß, nur drei Stockwerke hoch, etwa zwanzig Zimmer, alles sehr luftig, sehr offen, mit Blick auf den Hafen. Erik sprach, für meine Ohren wiederum ungewohnt scharf, mit einem jungen Schwarzen an der Rezeption, der unsere Koffer hinaufbrachte. Wir verabredeten uns für sechs Uhr in der Lobby. Es sei, sagte Erik, ein kleiner Empfang für uns vorbereitet. Das war in etwa zwei Stunden. Genug Zeit, um sich ein wenig zu erholen.

2.

Anders als sein Name vermuten ließ, war das Hotel nicht sonderlich luxuriös. Aber sauber und geschmackvoll eingerichtet war es doch. Wir hatten ein Badezimmer, in dem Dusche und Wasserhähne funktionierten, eine Art Himmelbett mit einem weißen Moskitonetz als Baldachin, einen geräumigen Schrank und sogar einen kleinen Schreibtisch mit zwei Hockern. Vor allem aber konnten wir von unserem Zimmer, das sich im dritten Stock befand, die gesamte Bucht von Kiani übersehen, wie sie ruhig und friedlich im Schein der Nachmittagssonne dalag. Das Gerufe und Gerede der Männer und Frauen am Hafen bildete die beruhigende Geräuschkulisse, die durch die geöffneten Fenster zu uns ins Zimmer drang.

Ines war erledigt von den Strapazen der Reise und von ihrem Gin Tonic, sie zog sich Schuhe und Hose aus und warf sich rücklings auf Bett. Ich war ein wenig ruhelos und setzte mich auf einen der Hocker.

»Willst du dich ausruhen oder kannst du reden?«, fragte ich sie.

»Gerne reden«, sagte sie.

»Wie findest du Erik?«

»Er sieht sehr gut aus. Ganz der Papa. Ein schöner, stattlicher Mann, und einen guten Frauengeschmack hat er auch.«

Es lag mir eine Spur zu viel Berechnung in diesem Kompliment, soweit es mir galt. Ich machte mir keine Illusionen. Auch wenn ich glaubte, für mein Alter ganz passabel auszusehen, war das wohl eher nicht der Grund, warum Ines sich auf mich eingelassen hatte.

»Ja, er ist ein hübscher Kerl. Aber kannst du mir erklären, was für ein Leben er hier führt?«

»Nein, das kann ich nicht. Wir sind gerade erst angekommen. Du kennst deinen Sohn überhaupt nicht, wenn ich das mal so feststellen darf. Vielleicht solltest du euch beiden ein bisschen Zeit geben. Und uns beiden auch. Lass uns ein bisschen schlafen, komm.«

Ich legte mich zu ihr, wir umarmten uns. Ich fragte mich, ob sie mit mir schlafen wollte, aber sie schien wirklich müde und döste bald weg. Ich lauschte den Geräuschen, die vom Hafen kamen, und versuchte, es realistisch zu betrachten. Heutzutage gerieten alle Beziehungen von gewisser Dauer irgendwann mehr oder weniger zwangsläufig an einen Nullpunkt. Mir zumindest war es mit allen meinen drei Kindern so gegangen und, nicht zuletzt, mit meiner Ehefrau. Carla war die Liebe meines Lebens. Noch in den Tagen vor dem Gerichtstermin, bei dem das Ende unserer Ehe besiegelt werden sollte, setzte sich dieser Satz in meinem Kopf fest. Immerfort wiederholte ich ihn mir.

Obgleich ich selbst Anwalt war, konnte ich meine

rechtlichen Angelegenheiten längst nicht mehr selbst regeln. Ich hätte es versuchen können, aber nicht ohne Grund gilt es als unprofessionell, wenn ein Advokat dies tut. Seine Aufgabe ist es, für andere zu sprechen, nicht für sich selbst. Meine Berufskollegen, deren Rechnungen ich nun bezahlte, klärten mich auf: In meinen neuen Rollen hieß ich Antragsgegner, Beklagter, Beschuldigter, Angeklagter. Alles, erläuterten sie mir, als wisse ich das nicht selbst, hänge davon ab, in welchem Stadium sich die Verfahren gerade befänden, und von dem Grad der Schuld, der mir nachgewiesen werden könne. Ich hatte längst aufgehört, die Vorwürfe zu zählen, die Carla gegen mich erhob.

Ich wusste nur zu gut: Einen zu bestreiten gebar zehn neue, und ich musste einen weiteren Anwalt dafür beschäftigen. Die Details mochten kompliziert sein. Entscheidend war der Geist, in dem sie diese Schläge gegen mich führte. Carla war die Liebe meines Lebens. So erbittert ich mich gegen sie wehrte, war nicht zu leugnen: Ich hatte sie verraten. Ich gab es zu, doch mein Geständnis machte sie nur noch wütender. An einem Mittwochabend war ich nach Hause gekommen und wusste, so konnte ich nicht weitermachen. Die Scham über meine eigene Niedertracht war zu groß. Angeblich war ich übers Wochenende zu einer Fortbildungsveranstaltung auf der Fraueninsel im Chiemsee gewesen. Ein Intensivseminar, hatte ich Carla augenrollend erklärt, ohne Internet, Handys und Smartphones, ohne Kontakt zur Außenwelt. Was für eine infame Lüge. Ich war mit Ines dort. Wir verließen unser Zimmer nur zu den Mahlzeiten, und es gelang uns kaum, unsere Kleider länger als eine Stunde am Tag anzubehalten. Ich war vollkommen verrückt nach ihr. Ich konnte nicht genug bekommen von ihrer Jugend, ihrer Schönheit, ihrem klaren, unbestechlichen Geist. Sie war eine unerschrockene junge Frau, die neugierig auf das Leben war. Sie machte sich nicht allzu viel aus dem Volontariat in der Kanzlei, das sie erobert hatte, aber alle Aufgaben, die sich ihr stellten, bewältigte sie brillant und mit leichter Hand. Sie war kurz genug da, um die Dinge spöttisch und von außen zu betrachten. Sie imponierte mir sehr, und ich gebe zu, es schmeichelte mir ungemein, dass ich sie genug interessierte, um eine Affäre mit mir zu beginnen. Als ich Carla mein Geständnis ablegte, sprach ich von meiner »Assistentin«, sie hingegen von meiner »Sekretärin«. Carla legte Wert darauf, dass meine Verfehlung in all ihrer klischeehaften Erbärmlichkeit benannt werde. »Mit der Sekretärin«, das war das Übelste, was man sich ausdenken konnte. Was aber, wenn diese »Sekretärin« in Wahrheit eine außergewöhnliche Frau war, die mich faszinierte? Nach einer kurzen, fast flüchtigen Begrüßung, einem abgebrochenen Beinahekuss, sagte ich:

»Carla, ich muss mit dir sprechen.«

So unsicher und verlogen wie alleine dieser eine Satz klang, war damit auch schon alles gesagt. Sie verstand, verstand sofort. Kurze Zeit noch wehrte sie sich gegen die Einsicht, rang um Fassung, dann fluchte und schrie sie, sie habe es schon die ganze Zeit über geahnt, nein, eigentlich gewusst. Sie könne sich schon vorstellen, mit wem.

»Deine Sekretärin, richtig? Wie heißt sie? Die fickst du jetzt? Sie könnte deine Tochter sein! Schämst du dich nicht? Schämst du dich überhaupt nicht?«

Wild sah sie sich nach etwas um, womit sie mich bewerfen oder schlagen konnte. Ich verbrachte die Nacht auf einem Gästebett im Keller. Am nächsten Morgen begegneten wir uns in der Küche. Sie sagte:

»Das sind die letzten Stunden, die du in diesem Haus zubringst.«

Ich gebe zu, aus ihrer Sicht war, was ich getan hatte, ohne jede Würde, ohne jede Klasse. Dass wir uns trennen mussten, brach ihr das Herz. Die Art und Weise aber, wie ich die Gründe dafür herbeigeführt hatte, versetzte sie in einen Blutrausch. Als sie mir ihren Entschluss mitteilte, sich scheiden zu lassen, sagte sie: »Ich werde dich ausweiden lassen, fachmännisch, verlass dich drauf. Die teuersten und besten Anwälte werden das besorgen, und du wirst dafür bezahlen, mit allem, was du hast. Das sei dir versprochen.«

Ein Strahlen ging dabei von ihr aus, das sie wunderschön machte. Zu diesem Zeitpunkt wusste ich schon, wie die schrecklichste Anklage gegen mich lautete, gegen die jede Verteidigung von vorneherein aussichtslos erscheinen musste: Carla war die Liebe meines Lebens, und ich allein hatte sie verraten. Es war nicht mehr zu ändern, und es half auch nichts, dass ich noch vor nicht allzu langer Zeit über Männer wie mich gelacht hatte. Männer in Positionen mit Einfluss und Geld, aber alt, die hereinfielen auf die scheinbar unwiderstehliche Anziehungskraft, die sie auf junge Frauen ausübten. Alte Narren und Erotik, das schien ganz fest zusammenzugehören. Carlas und mein Stolz war es, so dachten wir, dies durchschaut zu haben. Bei so vielen hatte ich schon Gelegenheit gehabt, diese verblüffende Selbsttäuschung zu beobachten, und hielt mich genau deshalb für gefeit.

Und nun war ich selbst an der Reihe. Doch es fühlte sich ganz anders an, als es wohl für alle anderen aussehen musste. Es gab keinen Zweifel, Ines und ich waren wirklich ineinander verliebt. Durfte es uns da nicht egal sein, dass andere unsere Beziehung auf verächtliche Weise »typisch« fanden? Waren ihre Blicke nicht einfach nur neidisch, konventionell, unfrei? Vielleicht waren sie das, aber die allgemeine Moral neigte zu einer anderen Auffassung. Während unseres nun schon länger als ein Jahr dauernden Scheidungskriegs gelangen Carla und mir noch immer Momente von außergewöhnlicher Klarheit. Einmal, während einer Verhandlungspause vor Gericht, als wir plötzlich nebeneinander im Flur standen und es einfach zu unerträglich gewesen wäre zu schweigen, sagte ich:

»Wie soll das wohl ausgehen? Hier ein Mann in meinem Alter und in meiner Situation, vermögend, mit einer jungen Freundin an der Seite, und dort, sitzen gelassen, eine elegante Ehefrau, deren Würde er auf so unverzeihliche Weise verletzt hat. Ich könnte so viel Geld und so viele Weiber haben, wie ich wollte.

Aber gibt es irgendjemanden, der mehr verachtet wird als so ein alter Sack?«

Sie sah mich eine Weile an, bevor sie ganz ruhig antwortete:

»Ja, so eine alte Schachtel.«

Sie, nur sie, wusste, wie sie mich am besten treffen konnte. Und sie wusste, diesen Schmerz konnte ich mit niemandem teilen, am wenigsten mit Ines. Hätte ich ihr davon erzählt, wäre sie vor mir zurückgewichen. Sie war intelligent genug zu wissen, was ihr in zwanzig Jahren selbst blühte. Wenn nicht von mir, dann von einem anderen Mann. Aber was hätte ich tun sollen? Als die Kinder das Haus verlassen hatten, stellten wir beide, Carla und ich, fest, dass unsere Ehe sich anfühlte wie eine sich ablösende Schlangenhaut. Wir sprachen es nicht aus, wir spürten es nur. Wir versuchten, es voreinander zu verbergen, zu retten, was zu retten war, aber schon während wir uns darum bemühten, waren wir beide insgeheim erschrocken darüber, wie eindeutig wohler wir uns bei dem Gedanken fühlten, uns endlich voneinander zu trennen.

Als wir uns, bei den Proben eines Studententheaters, zum ersten Mal begegneten, waren wir gerade zwanzig gewesen. Genau genommen lag mir überhaupt nichts am Theater. Ein Freund hatte mich dorthin mitgenommen, weil dort, wie er sagte, »die heißesten Frauen« zu finden waren. »Ein bisschen hysterisch, aber offen für alles. Es ist einen Versuch wert, glaub mir.«

Carla spielte die Lynn in Botho Strauß' *Kalldewey*,

Farce mit jener psychotischen Kompliziertheit, die man in den frühen Achtzigerjahren intellektuell anziehend fand. Sie galt als Talent, einige sagten ihr eine Karriere als Schauspielerin vorher. Ich hatte nur eine Komparsenrolle ohne Text. Aus Gründen, die mir rätselhaft blieben, gelang es mir dennoch, Carlas Aufmerksamkeit auf mich zu ziehen. Nach ein paar Tagen, in denen wir vielversprechende Blicke und mehrdeutige Bemerkungen gewechselt hatten, küssten wir uns zum ersten Mal während der Proben hinter dem Bühnenaufgang. Was dann geschah, war größer, als wir ahnen, hoffen oder fürchten konnten. Unsere Liebe überbot alles. Nur einmal im Leben kann man so lieben. Ein paar Monate später schon wurde Carla schwanger. Wir hatten es irgendwie absichtlich unabsichtlich unterlassen zu verhüten. Wir wollten es nicht wirklich, aber es machte die Sache noch aufregender, dass, jedes Mal, wenn wir miteinander schliefen, ein Kind dabei entstehen konnte. Natürlich sprachen wir über die Möglichkeit einer Abtreibung, zogen sie sogar ernsthaft in Betracht, aber wir wussten, sie hätte das Ende unserer Liebe bedeutet. Eine Abtreibung? Nein, das wären nicht wir gewesen. Wir waren viel zu neugierig, fühlten uns nicht überfordert und hatten keine Angst vor dem, was kommen würde. Wir heirateten, und Erik kam zur Welt. Zur gleichen Zeit, als unsere gleichaltrigen Freunde sich in den Rausch des Nachtlebens stürzten, gründeten wir eine Familie. Wir verfolgten dabei nicht irgendeine konservative Agenda. Wir hatten uns stürmisch ineinander verliebt, das war alles, und deshalb waren wir euphorisch. Es gelang mir, mein Studium in Rekordzeit und mit ausgezeichneten Noten abzuschließen. Ich hatte den besten Grund dafür, den man sich vorstellen konnte. Nun bezog ich ein Referendargehalt und bekam eine Doktorandenstelle. Wir zogen in eine größere Wohnung. Ich war vollkommen vernarrt in Erik. Er war ein kräftiger kleiner Junge, der sich prächtig entwickelte und mich so sehr mit Stolz erfüllte, dass ich über mich selbst lachen musste. Bald darauf wurde Carla ein weiteres Mal schwanger. Ich bestand das Zweite Staatsexamen als einer der zehn Besten meines Jahrgangs, was dazu führte, dass sich die großen Anwaltskanzleien bei mir bewarben, nicht ich mich bei ihnen. Ich promovierte, summa cum laude, doch entschied ich mich, zur Verwunderung vieler, nicht für eine der großen Kanzleien, sondern für eine eher kleine mit etwa zwanzig Anwälten, was sich schon bald als absoluter Glücksgriff erwies. In schneller Folge wurden Michael und Stefanie geboren, und in der Kanzlei übertraf ich die Erwartungen, die in mich gesetzt wurden, von Beginn an.

Einige der jungen Anwälte entwickelten eine neue Idee zur steuerlichen Gestaltung von geschlossenen Immobilienfonds. Ich steuerte einige Überlegungen bei, die mir zu frühem Ruhm verhalfen. Zusammen mit vier anderen verließ ich die Kanzlei nach zwei Jahren, um eine eigene zu gründen. Auch diese Entscheidung trug bald Früchte. Sehr schnell verdiente ich sehr viel Geld und konnte Carla voller Stolz den Vorschlag machen, ein Grundstück im sogenannten Speckgürtel der Stadt zu kaufen und ein Einfamilienhaus darauf zu bauen. Ein Jahr später zogen wir ein, und von da an wuchs alles stetig heran: die Kinder, die Kanzlei, die Bankkonten und die Verwunderung darüber, dass alles so leicht gegangen war. Obwohl wir ein in so vieler Hinsicht privilegiertes Leben führten, hatten wir beide einen gewissen Sinn für die Leere. Solange wir das Tempo aufrechterhalten konnten, behielt unsere Geschäftigkeit die Oberhand, doch ich bemerkte schon früh, dass Carla manchmal eine gewisse Frustration ergriff, die mir unverhältnismäßig heftig erschien. Während sie sah, wie meine Erfolge mich selbstbewusster machten, stieg in ihr hin und wieder das Gefühl auf, von ihrem Weg abgekommen zu sein. Sie trauerte der Schauspielerei hinterher. Wie weit wäre sie gekommen, wenn sie diesen Weg konsequent gegangen wäre? Oder hätte sie vielleicht etwas ganz anderes gemacht? Spannend wäre es gewesen, das herauszufinden. Sie konnte sich diese Empfindungen nicht recht erklären und machte sich sogar Vorwürfe deswegen, denn sie hatte sich ganz bewusst und voller Freude für unsere Kinder und unsere Familie entschieden. Als aber das letzte der Kinder aus dem Haus war, war da nichts mehr, außer der Gewissheit, etwas Wesentliches versäumt zu haben, und dabei noch nicht cinmal zu wissen, was es war.

Clara machte ihre Drohung wahr. Den Scheidungskrieg gegen mich führte sie nach allen Regeln der Kunst. Viele kleinere und größere Scharmützel hatte sie schon für sich entscheiden können, aber seit geraumer Zeit tobte nun die Entscheidungsschlacht. Wie in solchen Fällen üblich, betraf sie das Haus. Ich wollte es nicht für mich haben, die Vorstellung, dort wieder einzuziehen, erschien mir vollkommen abwegig, aber meine Anwälte erklärten mir, ich müsse mit allen Mitteln verhindern, dass Carla es bekomme. Es wäre die totale Niederlage. Wer weiß, wahrscheinlich wäre ich ihrem Rat auch weiterhin gefolgt, hätte mich nicht am Morgen des nächsten Gerichtstermins ein Anruf erreicht, der mir klarmachte, die Scheidung war nicht mein größtes Problem.

Meine neue Assistentin richtete mir aus, eine Staatsanwältin habe mich sprechen wollen.

»In welcher Sache?«, fragte ich.

Die Assistentin antwortete nicht sofort, so als wäre sie etwas verlegen.

»Hallo? In welcher Sache denn?«

»Sie hat gesagt, es betreffe Sie persönlich.«

Mir wurde sofort mulmig, ich hatte durchaus eine Ahnung, worum es sich handelte. Ich versuchte, so gleichmütig wie möglich zu klingen.

»Hat das Zeit bis heute Nachmittag?«

»Sie hat gesagt, im Lauf des Tages.«

»Dann kann das doch warten, bis ich wieder in der Kanzlei bin.«

»Mag sein. Der Anruf erschien mir nur etwas ungewöhnlich. Ich wollte, dass Sie gleich informiert sind.«

»Ja, natürlich, vielen Dank. Ich weiß ja jetzt Bescheid.«

Wie sich später herausstellte, sollte ich mit meinen Befürchtungen recht behalten.

Der Gerichtstermin an diesem Tag war keine große Sache. Es war nur ein Versuch der Familienrichterin, das Verfahren weiterzubringen, ein Abschluss war nicht in Sicht. Es ging um die Frage, wie viel unser gemeinsames Haus wert war. Um das herauszufinden, waren Gutachten in Auftrag gegeben worden, die nun angezweifelt wurden. Im Justizpalast, auf dem Weg zum Gerichtssaal, traf ich Carla, und wir gingen gemeinsam weiter, was sich merkwürdig anfühlte.

»Hast du den Brief meines Anwalts bekommen?«, fragte sie mich.

»Ja.«

»Und was sagst du dazu?«

»Ich habe ihn meinem Anwalt gegeben. Wie lange willst du das weitermachen?«, fragte ich sie.

»Bis du nicht mehr kannst.«

Ich glaubte ihr.

Wir gingen in den Gerichtssaal und ließen unsere Anwälte reden. Währenddessen betrachtete ich die Richterin. Viele glauben, Richter seien Menschen, die wenigstens den Versuch unternähmen, beide Seiten einer Geschichte zu hören, weil das Gesetz sie dazu verpflichte. Aber die Richterin, die unsere Scheidung vorzunehmen hatte, war trotz der Robe, die sie trug, keine unparteiische Amtsperson, sondern vor allem eine solidarische Frau, die Carlas Absicht teilte, es mir heimzuzahlen. Ihre Haare waren schwarz gefärbt und zu einer Pagenfrisur getrimmt, dazu trug sie eine rote runde Brille. Aber dieser freche Farbtupfer konnte ihre Müdigkeit und Frustration kaum verbergen. Eine Kinderzeichnung, die hinter ihr hing, war vermutlich tröstlich gemeint, aber ich fand sie deprimierend. Ein grüner Hügel, ein Haus darauf, die Sonne darüber, ein Baum, Blumen, und eine Familie, Mama, Papa und drei Kinder.

Jeder Rechtsstreit, jeder Streit überhaupt, hat, beinahe unabhängig von seinem Inhalt, eine gewisse Verlaufskurve, und ich hatte nun ganz deutlich das Gefühl, an einem Ende angekommen zu sein. Ich war ermüdet. Ich konnte nicht mehr. Es war ohnehin alles verloren, was uns einmal wichtig gewesen war. Ohne es mit meinem Anwalt besprochen zu haben, fing ich einfach an zu reden. Ich unterbreitete den einfachen Vorschlag, Carla meine Hälfte des Hauses zu dem Preis zu verkaufen, den sie für ihre verlangen würde. Das nötige Geld dazu besaß sie, sie hatte es sich in früheren Stadien des Verfahrens erstritten. Verblüffung machte sich breit, und zuerst dachten alle, einschließlich der Richterin, es handle sich bei meinem Vorschlag möglicherweise um einen ganz besonders miesen Trick. Carla und ihr Anwalt gingen hinaus und besprachen sich auf dem Flur. Sie kamen mit einem Vorschlag zurück, der deutlich unter dem lag, was ich nach Meinung meines Anwalts beanspruchen konnte. Dennoch nahm ich das Angebot an. Die Richterin war von alldem derart überrascht, dass sie sich beim Verlesen des Scheidungsurteils mehrmals verlas. Sowohl Carla als auch ich verzichteten auf die Einlegung von

Rechtsmitteln, und ich verließ den Gerichtssaal als geschiedener Mann.

Gleich nachdem ich aus dem Gerichtsgebäude getreten war, rief ich Ines an und berichtete ihr, was geschehen war. Es musste sie eigentlich überraschen, zumindest der Zeitpunkt. Sie sagte:

»Herzlichen Glückwunsch auch.«

Ihre Reaktion verblüffte mich.

»Hättest du Lust mit mir zu feiern?«

»Du meinst deine Scheidung?«

»Ja.«

»Ehrlich gesagt nicht.«

»Freust du dich denn nicht?«

»Nein. Was gibt es zu feiern, wenn zwei Leute, die sich versprochen hatten, ihr Leben miteinander zu verbringen, endgültig und für immer getrennt sind? Und was habe ich damit zu tun?«

Sie hatte recht. Sie hatte vollkommen recht, doch was sie sagte, traf mich wie eine Ohrfeige. Sie hatte eine Affäre mit mir begonnen, als ich verheiratet war. Meine Scheidung war nicht ihre Angelegenheit. Wann kapierte ich das endlich? Ines war nicht Carlas Nachfolgerin, sie hatte kein Interesse daran, sie aus dem Weg zu schaffen. Dass ich etwas anderes denken konnte, empfand sie schon als Zumutung. Wir verabredeten uns für einen der folgenden Tage. Ich war beschämt.

Dann rief ich die Staatsanwältin an. Anders als Ines hatte sie das dringende Bedürfnis, mich zu sehen, und zwar, falls ich es einrichten könne, gerne auch noch am

Nachmittag dieses Tages. Was zuerst aussah wie eine Ermittlung gegen einen Klienten, hatte sich ausgeweitet, und nun waren wir, die Kanzlei, in den Fokus geraten, genauer gesagt: ich.

Als ich meiner staatsanwaltlichen Sachbearbeiterin in ihrem Dienstzimmer gegenüberstand, ließ ich alle Hoffnung fahren. Sie war noch keine dreißig, sehr hübsch und sprühte vor Ermittlungsdrang und Belastungseifer. Ohne Zweifel war sie eine grässliche Karrieristin. Ihre Jugend, ihre Schönheit, ihre Siegesgewissheit waren durchaus nicht ohne erotischen Reiz, und ich versuchte mir vorzustellen, eine Affäre mit ihr anzufangen, was ich umso aufregender fand, als ich wusste, jeder Versuch von mir in diese Richtung würde besonders grausam bestraft werden. Konnte ich sie vielleicht bestechen? Flüchtig malte ich mir aus, wie ich ihr zuerst ganz vorsichtig und dann immer unverschämter den Vorschlag machte, mit all dem Zaster, den ich auf die Seite bringen konnte, abzuhauen. Es war genug, um in Saus und Braus sagen wir in der Südsee zu leben, oder irgendwo sonst, wo sie einen angeblich nicht kriegten. Sie musste das doch wissen. Aber so einfach wäre diese Frau nicht zu bekommen gewesen. Sie war für mich überhaupt nicht zu bekommen. Sie hatte andere Ziele im Leben. Sie wollte ein hohes Tier werden. Was hätte sie zu meinen kleinen Fantasien wohl gesagt?

»In Saus und Braus, so stellst du dir das vor, Opi. Ich bin nicht Staatsanwältin geworden, weil ich mich von alten Säcken wie dir beeindrucken lasse, sondern weil ich sie auseinandernehme. Sie mögen es doch sicher gerne literarisch, nicht wahr? Hinter jedem großen Vermögen steht ein großes Verbrechen. Das soll Balzac gesagt haben, aber das wissen Sie bestimmt viel besser als ich …«

Die Unterhaltung, die wir in Wirklichkeit führten, war sehr viel nüchterner. Ich legte ihr dar, dass unsere Kanzlei in den vergangenen zwanzig Jahren zu einem anspruchsvollen gesellschaftsrechtlichen Konstrukt herangewachsen war, dessen Herzstück eine Aktiengesellschaft bildete, die mit den lukrativsten Geschäften des gesamten Unternehmens betraut war. Niemals hatten wir vorgehabt, mit dieser Gesellschaft Steuern zu hinterziehen oder zu verkürzen. Weil wir aber sichergehen wollten, hatten wir umfangreiche Gutachten von drei der renommiertesten Steuerrechtsprofessoren anfertigen und jedes Jahr aktualisieren lassen, die alle zu dem Ergebnis kamen, unser Geschäftsmodell sei legal.

»Dafür, dass sie das sagen, haben Sie sie auch teuer genug bezahlt«, sagte die Staatsanwältin kühl.

Es fiel mir schwer, bei der Sache zu bleiben. Wenn das Strafverfahren gegen mich bedrohlichere Züge annahm, musste ich mich dann rechtzeitig um einen Zufluchtsort im Ausland bemühen? Bei Erik vielleicht? Noch glaubte ich nicht, es würde so kommen. Ich war immer noch sicher, das Verfahren würde eingestellt werden, wenn sie mich nur lange genug gegrillt hätte.

»Herr Wilke?«

»Ja?«

»Herr Doktor Wilke? Hören Sie mir überhaupt zu?«

»Ja, ja, sicher doch.«

»Sie müssen verstehen, so komplex, wie die Situation nun mal ist, die Sie immerhin selbst herbeigeführt haben, kann ich derzeit eine Einstellung des Verfahrens nicht verfügen. Wir müssen weiter ermitteln.«

»Ja, gewiss, ich verstehe.«

Noch am selben Tag teilte ich meinen Kollegen in der Kanzlei das Ergebnis der Unterredung mit der Staatsanwältin mit, die es mit gemessenem Ernst zur Kenntnis nahmen. Jeder wusste, was das bedeutete. Unter den Partnern war Unruhe eingekehrt. Allen fünf von uns gehörte alles zu gleichen Teilen. Aber nur gegen einen von uns hatte die Staatsanwaltschaft Ermittlungsverfahren eingeleitet. Ein alter Trick, um Zwietracht unter mehreren Verdächtigen zu säen. Es war Horst Strehle, der Älteste und Primus inter pares, der als Erster die richtigen Worte fand:

»Es tut uns leid, Hartmut. Aber so, wie die Dinge liegen, ist es das Beste für uns alle, du überträgst alle deine Anteile auf uns. Zum vollen Gegenwert natürlich, bis auf Weiteres. Es bedeutet ja nicht, dass du draußen bist. Es ist eine Vorsichtsmaßnahme, weiter nichts.«

Strehles Lüge stand so deutlich im Raum, sie war geradezu sichtbar, und doch wusste jeder, ich eingeschlossen, dass dies der einzige Weg war, um wenigstens nach außen hin den Schein zu wahren. Obwohl sich äußerlich nicht viel verändert zu haben schien, war ich nun ein anderer Mann. Nach und nach hatte ich mich von allen Bindungen gelöst, die in den vergangenen fünfunddreißig Jahren mein Leben bestimmt hatten. Meine Freundin war ein Vierteljahrhundert jünger als ich und ihre Motive, sich mit mir einzulassen, rätselhaft oder nur zu offensichtlich, je nachdem, welchen Blickwinkel man einnehmen wollte. Mein Vermögen bestand aus einem siebenstelligen Geldbetrag, der auf einem einzigen Konto lag und darauf wartete, sinnvoll angelegt zu werden. Es war aber auch möglich, dass die leidenschaftliche Staatsanwältin sich meinen Skalp an den Gürtel heftete und es einzog. Auf den ersten Blick schien meine Lage so privilegiert, wie sie nur sein konnte. Ich war unabhängig, hatte eine wunderschöne, junge Freundin und ein riesiges Vermögen, mit dem ich machen konnte, was ich wollte. Und dennoch fühlte es sich an, als sei das alles nichts wert. Wenn die Ermittlungen gegen mich zum heiß ersehnten Erfolg führten, es eine Anklage und schließlich eine Verurteilung gab, wäre ich mit einem Schlag bettelarm. Ich hatte Ines davon bisher nur unzureichend erzählt, beschwichtigend, verharmlosend, und sie glaubte mir. Obwohl ich, zumindest bis auf Widerruf, steinreich war, hatte ich doch alles verloren, was mir einmal wichtig gewesen war. Lange Zeit lebt man so, als läge ein Meer von Möglichkeiten vor einem. Doch in Wahrheit lebt man nur für eine kurze Spanne wirklich in seiner Zeit. Die ersten fünfzehn Jahre wächst man in sie hinein, die nächsten fünfzehn gehört man ihr an, und dann, lange fast unmerklich, entfernt man sich von ihr, doch irgendwann, fünfzehn, zwanzig oder fünfundzwanzig Jahre später, bemerkt man, man ist aus ihr herausgefallen. Man kann sich nicht erklären, wann und wie es geschah, aber es gelingt einem nicht mehr, vor sich selbst zu vertuschen, dass es genau so gekommen ist.

3.

Vielleicht, so dachte ich, war es an der Zeit, ins Ausland zu gehen. Ich verbrachte den Abend allein bei mir zu Hause, entkorkte eine Flasche Rotwein und schrieb meinem Sohn Erik eine E-Mail. Sie war die Antwort auf die Postkarte, die ich einige Monate zuvor von ihm bekommen hatte. Das Motiv: Sandstrand, Sonnenuntergang, Palmen. Der Text:

> *Dieses Verbrechen hat mir mein Vater angetan*
> *Ich habe niemandem dieses Verbrechen angetan.*
>
> Grabinschrift des Abu l-'Ala' al Ma'arri
> (11. Jahrhundert)

Er beschäftigte mich seither immer wieder. Ohne sie genau zu verstehen, zweifelte ich nicht daran, dass sie beleidigend oder doch zumindest provozierend gemeint war. Ich googelte ein wenig und fand heraus, Abu l-'Ala' al Ma'arri musste ein interessanter Mann gewesen sein. Sein Gottglaube hing an einem seidenen Faden. Eher neigte er einem extremen Pessimismus und starken Meinungen über die Vergeblichkeit des Lebens zu. Die Zeugung menschlichen Lebens hielt er für eine Sünde, weil sie unweigerlich neues Leid, einen weiteren Tod in die Welt bringe. Sein Hauptwerk trug den Titel *Sendschreiben über die Vergebung*. Zu meiner Überraschung lag es auf Deutsch vor, und ich bestellte es bei meinem Buchhändler.

Ich wusste nicht, ob auch Erik so negativ über die Menschheit dachte. Andererseits, was wusste ich überhaupt von meinem ältesten Sohn? Zuletzt hatten wir am Telefon miteinander gesprochen, vor mehr als einem Jahr. Er erzählte mir, dass er nun in Kenia lebe, auf einer Insel namens Kiani, und als Surf- und Tauchlehrer dort arbeite. Er nannte das tatsächlich Arbeit. Und jetzt habe er die einmalige Gelegenheit, in ein Geschäft einzusteigen, das sich lohnen werde. Ihm fehle lediglich das nötige Startkapital. Ich erinnere mich genau, wie ich an meinem Kanzleischreibtisch saß, während wir dieses Gespräch führten. Hier war ich mit den Unternehmungen ernsthafter Männer und Frauen befasst, die Tag und Nacht für ihren Erfolg arbeiteten.

»Was ist das für ein Geschäft?«, fragte ich ihn.

»Eine Bar. Eine Strandbar.«

»Warum musst du die jemandem abkaufen? Warum kannst du nicht einfach selbst eine eröffnen?«

»So einfach ist das nicht. Es gibt einen Typen, der ist hier der große Zampano. Heißt Mister Jack. Und der würde mir eine Bar verkaufen, die Boko-Boko-Bar. Klingt vielleicht in deinen Ohren komisch, ist aber eine Goldgrube.«

»Mach es kurz, wie viel?«

»Fünfzigtausend.«

Schreiend wiederholte ich die Summe. Ich fragte ihn nach Sicherheiten, nach rechtlichen Details, wollte wissen, wie er überhaupt auf die Idee komme, und so weiter. Erik hörte sich das eine Weile lang an, bis er mich unterbrach.

»Fünfzigtausend sind doch überhaupt nichts für dich. Warum gibst du sie mir nicht einfach? Oder sagst einfach, du willst sie mir nicht geben? Diese Bar ist meine Chance, endlich mein Leben in den Griff zu kriegen. Du kennst diese Insel nicht, vielleicht googelst du sie mal oder kommst tatsächlich mal hierher, es kommen exklusive Touristen aus Europa und USA, die einen Haufen Kohle dalassen. Gibt auch eine ganz fest eingesessene deutsche Community hier. Alles Leute mit genügend Geld, um regelmäßig meine Gäste zu sein. Komm, wir werden einfach Partner.«

Um es kurz zu machen, ich hatte keine Lust. Ich führte die Sicherheitslage an, die mangelnde rechtliche Transparenz und so weiter, aber es war uns beiden vollkommen klar, dass es im Grunde um etwas anderes ging. Was Erik als sein Zukunftsprojekt betrachtete, hielt ich für schieren Unfug. Ich lehnte es ab.

»Ich habe dir letztes Weihnachten Geld überwiesen. Du hast vergessen, dich dafür zu bedanken. Waren auch keine fünfzigtausend Euro, zugegebenermaßen. Nimm es als Starthilfe für dein Projekt. Mehr kann ich nicht für dich tun.«

Natürlich fühlte ich mich schrecklich in diesem

Augenblick, aber was sonst hätte ich tun sollen? Ihm gegen meine Überzeugung das Geld geben? Schon jetzt war mir klar, was kommen musste. Erik tat sich mit seiner Mutter zusammen, und sie hielt das für einen Liebesbeweis. Mütter scheinen ihren Söhnen hilflos ausgeliefert. Ich hätte erwartet, Carla würde es besser verstehen. Aber sie vertraute ihrem Sohn, sooft er seine Eltern auch enttäuschte.

Alles an ihm war Wankelmut. Sein Enthusiasmus wurde nur noch übertroffen von seiner Flatterhaftigkeit. Er war ein talentierter Sportler, aber in keiner Sportart hielt er länger durch als einen Sommer. Er war sprachbegabt und konnte in sechs Sprachen radebrechen, aber selbst sein Englisch war dürftig. Er hatte tausend Ideen und verfolgte keine einzige von ihnen konsequent. Er hatte Talent zu so vielem, aber nicht das eine, etwas daraus zu machen.

»Geld, Examina, Karriere, das alles«, hielt mir Carla entgegen, »ist nicht so wichtig. Wichtig ist, dass es hier stimmt.« Und während sie »hier« sagte, tippte sie sich mit dem linken Zeigefinger aufs Herz.

Dagegen hatte ich nichts, aber ich hegte meine Zweifel. Was aber, wenn es dort – also beim Geld und so fort – nicht stimmte, weil es hier – im Herzen – nicht stimmte? Frevlerischer Gedanke, den ich besser für mich behielt, wenn ich weiteren Krach vermeiden wollte, was ich unbedingt wollte, denn solange die Scheidung lief, riet mir mein Anwalt, sollte ich persönlichen Streitereien mit Carla aus dem Weg gehen.

Es war ihr ein Vergnügen, das Geld, das sie sich von

mir erstritt, an Erik weiterzugeben. Kurz vor ihrem Abflug nach Kiani fragte mich Carla am Handy: »Kannst du nicht einmal, nur ein einziges Mal, etwas anerkennen, was dein Sohn tut?«

»Ich weiß nicht, wovon du redest.«

»Dein Sohn eröffnet eine Bar am Indischen Ozean. Und du schickst ihm nicht mal eine Postkarte, auf der ›Herzlichen Glückwunsch‹ steht?«

»Ich habe ihm eine kleine Starthilfe überwiesen.«

»›Eine kleine Starthilfe‹. Der Junge ist jetzt zweiunddreißig. Er braucht mehr als eine kleine Starthilfe, um sich von dir zu erholen. Wir alle brauchen mehr als eine kleine Starthilfe. Hast du den Brief meines Anwalts bekommen?«

»Ja.«

»Und was sagst du dazu?«

»Ich habe ihn meinem Anwalt gegeben.«

»Dein Sohn erwartet, dass du ihn besuchen kommst.«

»Ich soll nach Afrika fliegen, um an der Theke einer Strandbar zu hocken? Ich reise nicht gern in die Dritte Welt. Es ist niederschmetternd. Es ist Zeitverschwendung.«

»Natürlich. Du bist zu beschäftigt. Du bist wie immer zu beschäftigt. Mein Fehler war es, das erst nach dreieinhalb Jahrzehnten bemerkt zu haben.«

Ich glaube, Eriks Postkarte war seine abschließende Antwort auf die ganze Geschichte: Sandstrand, Sonnenuntergang, Palmen und die Grabinschrift des Abu l-'Ala' al Ma'arri: Fick dich, Alter.

Und vielleicht hatte er recht. Was hatte ich jemals für ihn getan. Für jedes meiner drei Kinder. Das Verhältnis zu ihnen war deprimierend. Mit Stefanie und Michael hatte es zwar keine Auseinandersetzungen gegeben, die das übliche Maß überschritten hätten, und doch hatten sie sich im Lauf der Zeit mehr oder weniger von mir abgewandt. Stefanie, die schauspielerische Ambitionen hatte, lebte in Berlin. Michael, der wie ich Anwalt wurde, hatte schnell entschieden, nicht in meiner Kanzlei arbeiten zu wollen. Mit ein paar Studienkollegen hatte er sich, mit eher bescheidenem Erfolg, selbstständig gemacht. Wir standen noch in losem Kontakt. Wer weiß, wahrscheinlich hielten die beiden mich trotzdem für ein Arschloch. Doch während es mir immer wieder gelang, mit meinen zwei jüngeren Kindern zusammenzukommen, riss der Kontakt zu Erik vollkommen ab. Immerhin hatten wir einen Konflikt erlebt, ein Kräftemessen, dem er allerdings schon bald aus dem Weg gegangen war. Wahrscheinlich wäre es dabei geblieben, hätte ich mich nicht in Ines verliebt, mich von der Mutter meiner drei Kinder scheiden lassen und, wie man so sagt, ein neues Leben begonnen.

Erik war seine ganze Jugend hindurch der Experte für neue Leben. In einer Woche war er entschlossen, ein berühmter Fotograf zu werden, in der nächsten, ein Reiseschriftsteller, ein Musiker, ein Zen-Mönch, ein Fernsehjournalist, ein Abenteurer. Früh suchte er das Weite, kehrte seiner Herkunft den Rücken und reiste. Mein Gefühl war stets, der eigentliche Zweck dieser

Reisen, ihre wesentliche Bedeutung bestehe darin, nicht dort zu sein, wo man ihn haben wollte. Ich sagte ihm das auch. Mein Standpunkt, fand er, drückte nichts weiter aus als die Verachtung seiner Lebensweise.

Es lag eine gewisse Ironie darin, dass ich mich ihm ausgerechnet mit Ines, meiner fünfundzwanzig Jahre jüngeren Freundin, wieder näherte.

Und sie klang plötzlich wie Carla:

»Du musst deinem Sohn Respekt zollen. Er lebt sein Leben anders, als du es dir gewünscht hättest, aber ist das nicht sein gutes Recht? Es ist doch seine Sache! Allein seine Sache!«

Sie sagte »er« und »seine«, aber für mich klang es, als spreche sie von sich, und vielleicht war genau das der Grund, warum ich Erik nun schrieb.

Erik war ein eigentümliches Kind gewesen, dessen ungestüme Ausbrüche von Lebenslust und Tatendrang sich mit Phasen tiefer Melancholie abwechselten. Im Kindergarten schwang er sich an einem Tag zum Anführer einer Bande auf. Am nächsten wollte er nicht wieder hingehen. Auf Kiani Island hatte er es nun vom Animateur zum Barbesitzer gebracht. Zugegeben, ich gab mir keine besondere Mühe, meinen Sarkasmus zu verbergen. Warum auch? Keines meiner Kinder hielt ich für so begünstigt wie Erik. Warum machte er so wenig daraus? Wenig überraschend reagierte er mit stummer Empörung, Verachtung oder auch brüsker Ablehnung auf meine Vorwürfe, je nach Intensität. War es denn so schwer zu verstehen, was ich mir von ihm wünschte? In gewisser Weise hielt ich ja die größten Stücke auf ihn, wollte, er würde seinen Weg gehen und mich dabei noch übertreffen. In hilfloser Liebe und maßloser Enttäuschung zugleich war ich ihm verbunden wie keinem anderen meiner Kinder. Auf sie alle blickte ich mit einem Gefühl der Enttäuschung, dessen ich mich aufrichtig schämte und das ich ganz allein für mich behielt. Aber vielleicht war nun ja der Zeitpunkt gekommen, meine Einschätzungen einer Revision zu unterziehen.

Lieber Erik,
ich habe mich nie für die Karte bedankt, die Du mir geschickt hast. Kiani Beach scheint ja ein sehr idyllischer Ort zu sein. Es wird Dich vielleicht überraschen, aber ich denke darüber nach, Dich dort zu besuchen. Ich würde zusammen mit Ines kommen, meiner neuen Freundin. Deine Mutter hat Dir bestimmt von ihr erzählt. Ich habe mir übrigens das Sendschreiben über die Vergebung *von Abu l-'Ala' al Ma'arri zugelegt. Ein wundervolles Buch. Danke für den Tipp.*
Herzlich,
Dein Papa

Kein Wort über den zitierten Grabspruch, mit dem Erik mich streng genommen als Verbrecher beschimpfte, kein Wort über die Sicherheitslage in der Provinz Kiani, kein Wort über Krankheiten oder all die tausend anderen Dinge, die mich eigentlich abhalten sollten, mich auf den Weg zu ihm zu machen. Ich war neugierig, ob er reagieren würde.

Es dauerte keine vierundzwanzig Stunden, bis er mir zurückschrieb.

Hi Dad,
damit habe ich nicht gerechnet! Du willst wirklich hierherkommen? Machst du dir nicht sehr große Sorgen wegen der Sicherheit, der politischen Lage hier, den Krankheiten? Falls ja, kann ich dich beruhigen. Ich lebe jetzt seit drei Jahren auf dieser Insel. Es ist nie irgendwas passiert. Ich würde mich freuen, dich hier zu sehen. Bring deine Freundin mit. Mum hat nie über sie geredet. Euer Ding. Lass mich da bitte raus. Wann wollt ihr kommen?
Erik

Kein Gruß, nicht einmal eine Höflichkeitsfloskel, aber doch eine Einladung, immerhin. Ich fragte mich nicht, ob Erik sie mit irgendwelchen Hintergedanken ausgesprochen hatte. Genauer, ich verbot es mir zu fragen, obwohl ich sie als zwiespältig empfand. Letztlich aber sagte ich mir, es war vielleicht mein eigener Zwiespalt, den ich auf Erik projizierte. Wie auch immer, nachdem ich erwogen hatte, einen Rückzieher zu machen, fasste ich den Plan, nach Kiani zu reisen, und weihte Ines ein, die ohne Zögern versprach mitzukommen.

Die Korrespondenz mit Erik bekam nun einen etwas technischen Charakter, denn ich bat ihn um möglichst detaillierte Hinweise zur Reisevorbereitung. Ich schrieb ihm, dass ich auf der Homepage des Auswärtigen Amtes die Reisewarnungen durchgegangen sei. Wenn man alles zusammennahm, was dort stand, konnte man kaum glauben, es sei, wie er schrieb, in den vergangenen drei Jahren »nie irgendwas passiert«. Überfälle, Entführungen, Lösegelderpressungen, teils durch Terroristen, teils durch gewöhnliche Banditen, kamen beunruhigend häufig vor. Ich teilte ihm meine Bedenken mit, und er antwortete:

Wir befinden uns in Afrika, und ich gebe zu, ein Urlaub im Schwarzwald würde weniger Vorbereitungen erfordern und weniger Gefahren mit sich bringen. Das lässt sich nicht leugnen. Aber auch an dieser Stelle des Planeten leben Menschen und einige von ihnen sogar sehr gut. Für diejenigen, die sich auf Kiani niedergelassen haben, trifft das jedenfalls zu. Die Vorfälle, die Du erwähnst, haben sich nicht aus heiterem Himmel ereignet. Solche Dinge geschehen nicht ohne Anzeichen. Es gab Konflikte, die ihnen jeweils vorausgingen. Die Menschen, die hier leben und die Augen offen halten, sehen diese Dinge kommen, und wie gesagt: Auf Kiani ist so was bisher nie vorgekommen, weil die Verhältnisse hier stabil sind, stabiler auch als auf dem Festland. Und was die Krankheiten betrifft: Am Anfang haben alle, die neu hier ankamen, Medikamente zur Malariaprophylaxe genommen. Aber irgendwann lässt man es sein. Wenn man ein paar Tricks beachtet, fängt man sich auch nichts ein. Wenn man sich an die Regeln hält, ist es nicht schwierig, hier eine sichere und schöne Zeit zu verbringen. Ich bin gerne bereit, euch alles, was ihr wissen müsst, zu verraten, aber am Ende müsst ihr die Entscheidung, ob ihr kommen wollt oder nicht, natürlich selbst treffen. It's up to you! Aber ich kann euch versprechen, ihr werdet es nicht bereuen.

Ines erwachte, sie räkelte sich. Wenn sie ihren Körper auf diese Weise bewegte, führte mir das vor allem vor Augen, wie jung sie war und wie unmöglich für mich, es je wieder zu sein.

Sie erriet, was ich dachte:

»Wie muss dein Sohn es finden, dass du eine Freundin hast, die so alt ist wie er?«

»Keine Ahnung. Ich mache mir eher Sorgen, er könnte dir zu sehr gefallen.«

»Darüber zerbrich dir mal nicht den Kopf«, sagte sie. »Derzeit ziehe ich die Verlässlichkeit des Alters bei Weitem vor.«

»Derzeit?«, hakte ich nach.

Sie gab mir einen Kuss und schmiegte sich an mich.

»Glaubst du, die beobachten uns hier? Oder können uns hören?«

»Wer sind denn ›die‹?«

»Keine Ahnung, die Leute hier im Hotel?«

»Kann schon sein. Dann suchen wir uns eben ein Plätzchen, wo uns niemand findet.«

Auf einer Truhe lagen ein Hidschab und ein bodenlanges, buntes Kleid, ein weißer Kaftan, eine weite, weiße Stoffhose und eine hübsch bestickte arabische Kopfbedeckung bereit. Wir hatten keine Ahnung, wer die Sachen da hingelegt hatte, fassten es jedoch als zwanglose Einladung auf, uns den hiesigen Kleidungsbräuchen anzupassen. Ich nahm sie gerne an, um meine Funktionskleidung loszuwerden, in der ich mir lächerlich vorkam. Ines sah in dem Kleid verführerisch aus, sie schlang sich den Hidschab mit spöttischem Blick um den Kopf und betrachtete sich im Spiegel.

»Das würde euch so passen, wenn wir auch so herumlaufen müssten, wie?«, sagte sie. »Komm, wir steigen nach oben. Da hat man bestimmt einen tollen Blick.«

Ich kam mir in meinem Gewand vor wie Lawrence von Arabien. Eine Holztreppe führte uns direkt aufs Dach. Ines' Vermutung bestätigte sich auf überwältigende Weise. Eine angenehme Brise wehte uns entgegen, die Geräusche des Meeres und des Treibens am Hafen drangen gedämpft herauf. Die Sonne stand schon tief und beschien die malerisch aussehenden Segelboote der Fischer und Händler. Ines holte ihr Smartphone hervor und machte Fotos. Wir sahen uns um und entdeckten hinter einem Mauervorsprung ein mit bunten arabischen Decken überworfenes Holzbett unter einem Sonnenschutz aus Stroh. Wir lächelten uns an, als bliebe uns keine andere Wahl, und sahen uns um, ob wir es riskieren konnten. Auf den umliegenden Dächern war niemand zu sehen. Den Zugang zum Dach konnte man mit einer Klappe verschließen, die sich sogar verriegeln ließ. Von unten war eine Überraschung damit weitgehend ausgeschlossen. Das Bett war unter dem Stroh blickgeschützt. Ich verriegelte die Luke, und als ich wieder zum Strohdach zurückkam, hatte Ines schon ihr Kleid ausgezogen, den Hidschab trug sie noch. Ich behielt meine bestickte Kappe auch auf und legte mich neben sie auf den Rücken. Sie lachte, setzte sich auf mich und fotografierte mich mit ihrem Smartphone. Ich rangelte spielerisch mit ihr, nahm es ihr aus der Hand und machte auch ein paar Fotos von ihr, nackt mit Hidschab auf mir sitzend. Dann legten wir das Smartphone beiseite, hörten auf herumzualbern und nahmen uns alle Zeit der Welt füreinander. Zum ersten Mal hatte ich keinerlei Zweifel mehr daran, dass es richtig war, nach Kiani gekommen zu sein.

4.

Die Dämmerung brach herein, und die Furcht vor der Malaria trieb uns vom Dach des Palace Hotel in unser Zimmer, denn man hatte uns gesagt, die Anophelesmücken seien zu dieser Tageszeit am aggressivsten und die Ansteckungsgefahr dann am höchsten. Wir zogen uns an und stahlen uns, euphorisiert von unserem kleinen Abenteuer, die Treppe hinunter. Nicht mehr lange, und der Empfang zu Ehren der Neuankömmlinge würde beginnen. Zuvor wollten wir duschen, uns mit Antimückenspray einsprühen, besonders an den Fesseln und Gelenken, und wieder unsere neue, langärmelige Kleidung anlegen. Ein weiterer Schutz vor Mückenstichen, der auch bei unseren Gastgebern gut ankäme.

Ich hatte gelesen, dass die Basisreproduktionszahl der durch die Anophelesmücke übertragenen Malaria in dieser Gegend etwa eintausendneunhundert beträgt. Das bedeutete, jede Infektion eines Menschen führte zur Übertragung des Erregers auf eintausendneunhundert andere Menschen. Diese Insekten waren sehr viel kleiner als die Stechmücken, die wir aus Deutschland kannten. Ihre Stiche verursachten kaum Schmerzen. Die Übertragung konnte also ohne Weiteres unbemerkt bleiben. Die Inkubationszeit betrug Wochen, die Symptomatik der Malaria tropica war eher diffus. Sie begann mit Fieber, aber nicht in jedem Fall. Bewusstseinsstörungen gehörten zum Krankheitsbild, aber auch das nicht zwingend. Die Krankheit erschien mir wie ein unsichtbarer Feind, der unmerklich von uns Besitz ergreifen konnte. Ob er es wirklich tat, würden wir möglicherweise erst erfahren, wenn unsere Reise lange vorüber war und die heimischen Ärzte – die dieses Krankheitsbild in ihren vielfältigen Ausprägungen nicht kannten – die richtige Diagnose stellten.

Wir trafen gerade die letzten Vorbereitungen, unser Zimmer zu verlassen, als direkt vor unserem Fenster der scheppernde Gesang eines Muezzins in einer Lautstärke losbrach, die uns zusammenfahren ließ. Er kam aus einem Lautsprecher an einem Mast, der nicht weiter als eine Armlänge vom Haus entfernt stand.

»Hast du hier in der Nähe eine Moschee gesehen?«, fragte ich Ines.

»Ja, gleich nebenan. Wie du hörst.«

Ich wusste nicht, wo ich mein Handy und meine Brieftasche hinstecken sollte, also beschloss ich, beides im Zimmer zu lassen. Ines nahm eine Umhängetasche mit, in der sie ihre Sachen bei sich trug.

»Hoffentlich hat uns der nicht auf dem Dach gesehen«, sagte ich.

»Na und wenn schon, er musste ja nicht hinsehen.«

Ihre Antwort überzeugte mich nicht ganz. Ich spürte,

dass sie zwischen selbstbewusstem Trotz und schlechtem Gewissen schwankte, genau wie ich. Aber nun, der Mann würde von dem, was er vielleicht gesehen hatte, schon nicht blind geworden sein. Wir gingen hinunter in die Lobby und stellten fest, dass wir etwas zu früh dran waren. Außer Erik war noch niemand da. Unseren Aufzug bedachte er mit humorvoller Anerkennung. Er selbst trug kakifarbene Shorts, ein bedrucktes T-Shirt und darüber einen Blazer mit goldenen Knöpfen, der ihm etwas zu groß war.

»Schick«, sagte ich. »Trägt man das hier so?«

»Ja«, antwortete er und überging meine Ironie.

»Wie gefällt es euch hier?«, fragte er.

»Das Zimmer ist in Ordnung. Schlicht, aber sauber«, antwortete ich.

»Dein Vater will sagen, es ist wundervoll«, sagte Ines. »Ein traumhaftes Hotel. Es trägt seinen Namen zu Recht. Wirklich ein kleiner Palast. Wie alt ist es?«

»Ich habe keine Ahnung, ich würde schätzen aus den Zwanzigerjahren des vorigen Jahrhunderts«, meinte Erik.

»War das englisch, damals?«, fragte ich.

»Englisch, französisch, portugiesisch, davor sogar auch mal deutsch. Aber nur ganz kurz. In der Stadt gibt es noch eine Telegrafenstation aus der Kaiserzeit. Die kann ich euch dieser Tage mal zeigen.«

»Der Baustil ist ja wohl eher maurisch«, sagte Ines.

»Ja, ganz vieles ist hier maurisch«, sagte Erik.

»Und was passiert jetzt hier?«, fragte ich.

»Es gibt einen Begrüßungsdrink. Mister Jack und

seine Frau und ein paar andere Gäste sollten jeden Augenblick da sein.«

Wir näherten uns der Bar. Durch die unverglasten, spitz zulaufenden Fensterbögen blickte ich auf den kleinen Hafen hinaus, in dem wir angekommen waren. Segel-, Motor-, Ruderboote legten an, liefen aus. Eine quirlige Menschenmenge am Pier war in unübersichtlicher Geschäftigkeit miteinander verbunden.

Nach und nach trafen die Gäste ein. Sie trugen kurze Hosen und bunte Hemden wie Erik. Es waren Amerikaner, Franzosen, Engländer, zu unserer Überraschung aber vor allem Deutsche und einige Österreicher. Erik stellte uns einige von ihnen mit Namen vor und erwähnte dabei, wie lange jeder von ihnen schon auf Kiani lebte. Niemand aber schien ein besonderes Interesse an einer Unterhaltung mit uns zu haben, jedenfalls zogen sich alle nach der Begrüßung und einigen mühsam gewechselten Worten in eine Sitzecke zurück, wo später noch kleine Speisen gereicht werden sollten. Wir blieben mit Erik an der Bar stehen.

»Sie fremdeln ein bisschen, aber das wird sich ändern, sobald sie euch mit Mister Jack gesehen haben«, sagte er.

Ich nickte, als leuchte mir das ein, was es ganz und gar nicht tat.

»Wo ist denn nun dein Mister Jack?«, fragte ich.

»Er müsste bald hier sein. Vielleicht wurde er aufgehalten.«

»Scheint hier ja öfter vorzukommen.«

Erik lächelte und warf mir dabei einen prüfenden Blick zu, den ich nicht bemerken sollte. Seine Unsicherheit zu sehen, versetzte mir einen kleinen Stich. Auch wenn wir uns gerade Mühe gaben, es zu überspielen: Wir waren uns fremd, wir wussten nichts über das Leben des anderen, und wir wussten nicht, was wir wirklich übereinander dachten. Im tiefsten Inneren, so glaubte ich, wollten wir aber das Gleiche. Wir wollten wieder einen Weg zueinander finden, sonst wären wir nicht gemeinsam hier gewesen. Es war nicht möglich, das anzusprechen, jedenfalls jetzt noch nicht, aber ich hoffte, es würde sich eine Gelegenheit dazu ergeben. Einstweilen war es mir egal, worüber wir sprachen, solange wir überhaupt sprachen.

Erik war dabei, Ines von Mister Jack zu erzählen.

»Er hat sehr viel zu tun. Soweit ich weiß, ist er mit dem Polizeigeneral im Norden der Insel unterwegs.«

»Mit dem Polizeigeneral?«, fragte ich.

»Na ja, dem obersten Polizisten von der Insel. Ich weiß nicht, ob das seine offizielle Bezeichnung ist, aber hier nennt ihn jeder General.«

»Und was gibt es im Norden der Insel Besonderes?«

»Touristisch nicht so viel. Aber es ist eine Militärbasis dort. An der Küste patrouillieren seit einiger Zeit Hubschrauber.«

»Ist etwas passiert?«

Erik zog die Mundwinkel nach unten und schüttelte den Kopf.

»Mister Jack und der General haben die Sache im Griff.«

Auf mich wirkte seine Gewissheit unfreiwillig komisch, doch ich bemühte mich, es mir nicht anmerken zu lassen, weil ich ihn nicht kränken wollte.

Der Sonnenuntergang ereignete sich so nahe am Äquator früh und für uns ungewohnt rasch. Ich sah, dass Ines müde war.

»Was hältst du davon, wenn Ines und ich uns jetzt hinlegen und die beiden morgen treffen?«, fragte ich Erik, nachdem wir über eine Stunde gewartet hatten.

»Ich weiß nicht. Es wäre nicht besonders höflich und vielleicht auch nicht besonders geschickt. Ihm war es sehr wichtig, euch gleich heute Abend kennenzulernen.«

Ines behauptete, sie sei noch überhaupt nicht erschöpft. Die anderen Gäste fanden es offenbar nicht ungewöhnlich, so lange zu warten, und blieben. Dem Tempo nach zu urteilen, in dem sie bestellten, waren sie sehr einverstanden damit, sich die Zeit mit Drinks zu vertreiben. Also willigten auch wir zu einer weiteren Runde Longdrinks ein, die Erik bestellte. Die ungewohnte Hitze, der Alkohol und die Strapazen der Reise dämpften meine Widerstandskraft, und wer wusste es schon, vielleicht war es ja wirklich ganz sinnvoll, Mister Jack schon am ersten Abend zu treffen. Wenn er erfuhr, wie lange wir auf ihn gewartet hatten, würde er uns das vielleicht mit einem besonderen Besichtigungsprogramm oder ein paar wertvollen Tipps vergelten. Erik jedenfalls behauptete, Mister Jack würde die Insel und ihre Bewohner kennen wie kein Zweiter.

»Was ist denn eigentlich so besonders an ihm?«,

fragte ich. Erik sah sich kurz um, dann sagte er: »Er ist ein echtes Geschäftsgenie. Aber in Deutschland hatte er Steuerprobleme. Vor dem Gefängnis rettete er sich durch die Flucht nach Kiani, weil es hier kein Auslieferungsabkommen gibt. Und dann ist er hier wieder groß eingestiegen: Dieses Hotel gehört ihm, ein Urlaubsressort drüben auf dem Festland, Häuser hier auf der Insel, ein Club am Kiani Beach.«

»Beeindruckend«, sagte ich, ohne besonders beeindruckt zu sein. »Und wo hast du ihn kennengelernt?«

»Genau da, in seinem Club in Kiani Beach. Ich war mit ein paar Freunden zum Tauchen dort. Wir verbrachten ein paar Wochen am Strand und kamen miteinander ins Gespräch. Irgendwann hat er mir die Boko-Boko-Bar angeboten, und ich hab sie gekauft, wie du weißt.«

Ich nickte.

»Wir sind gespannt, sie zu sehen«, sagte ich. Es sollte so versöhnlich wie möglich klingen. Ich fand Eriks Interesse für einen deutschen Steuerflüchtling, der sich vermutlich mit zur Seite geschafftem Schwarzgeld ein kleines Imperium aufgebaut hatte, ausgesprochen merkwürdig. Das waren nicht die Leute, für die er sich früher interessiert hatte. Erik schien zu erspüren, was ich dachte, und ergänzte noch etwas.

»Er ist ein charismatischer Typ. Er wird euch gefallen.«

Plötzlich gerieten die Angestellten des Hotels in jene Bewegung, die entsteht, wenn wichtiger Besuch sich nähert. Alle hofften, es könnte Mister Jack sein, und er war es. Er kam mit dem Polizeigeneral herein, der unschwer an seiner Uniform zu erkennen war. Beide Männer waren schlank und deutlich größer als der Durchschnitt. Sie schritten nebeneinanderher, als seien sie auf einer Mission unterwegs. Obwohl Mister Jack Erik, Ines und mich nicht übersehen haben konnte, steuerte er auf die Gäste in der Sitzgruppe zu. Einige von ihnen brachen in freudiges Hallo aus. Der General war ein paar Schritte entfernt stehen geblieben. Er hatte offenbar nicht vor, die Gruppe zu begrüßen. Erik ging auf ihn zu, schüttelte ihm respektvoll die Hand und lud ihn ein, sich zu uns zu gesellen.

»Darf ich Ihnen meinen Vater Hartmut Wilke und seine Verlobte Ines vorstellen?«, sagte er in jenem Kraut-und-Rüben-Englisch, mit dem man auf Kiani, wie es schien, am besten zurechtkam.

»Ines Richter. Und ich bin übrigens nicht Hartmuts Verlobte.«

Ich verstand Ines' Wunsch, die Dinge auch um den Preis einer kleinen Irritation von Anfang an richtigzustellen.

Der Polizeigeneral deutete eine Verbeugung an, als nähme er eine Entschuldigung entgegen.

»Ich bin seine Freundin, um genau zu sein«, setzte Ines hinzu.

»Ich bitte um Verzeihung, mein Fehler«, bekundete der General.

»Sie haben noch mehr Kinder?«, fragte er, an mich gewandt.

»Ja, drei insgesamt.«

»Und Sie haben eine Frau?«

»Nicht mehr, wir sind geschieden.«

»Sie haben Ihre Frau und Ihre Kinder verlassen, um mit einer jungen Frau zu leben? Das ist sehr unschön.«

Es schien, als pflegte man hier das offene Wort. Ich überlegte kurz, was ich entgegnen sollte, und entschied mich für die gleiche Deutlichkeit.

»Ja, vielleicht, aber wir haben in unserem Land das Recht dazu. Wir können das tun, und man macht sich nicht schuldig, wenn man es tut.«

Ich sagte das mit einem Lächeln, um anzudeuten, dass wir das Thema damit gut und gerne abschließen konnten. Doch der General wollte nicht darauf eingehen.

»Jeder Mann, der seine Familie verlässt, macht sich schuldig.«

»Bei uns nicht. In Deutschland nicht. Unsere Gesetze sind anders.«

»Dann sind es schlechte Gesetze.«

Ich wurde allmählich sauer. Nur wusste ich nicht, ob es klug war, sich gleich am ersten Abend mit einem Polizeigeneral anzulegen.

»Wie auch immer. Schön, dass wir jetzt hier sind«, sagte ich deshalb.

In diesem Moment kam Mister Jack auf seiner Begrüßungsrunde bei uns vorbei. Wir gaben einander die Hand, er erwähnte, Erik habe schon viel über mich erzählt, und ich tat so, als erstaunte mich das. Ich stellte ihm Ines vor, und er sagte »Sehr schön, sehr schön«, als würde ich sie ihm zum Kauf anbieten.

»Würden Sie Ihren Mann einen Augenblick entbehren können? Der General leistet Ihnen Gesellschaft. Er ist ein interessanter Gesprächspartner«, sagte er zu Ines.

»Natürlich, sehr gern!«, antwortete sie, während Mister Jack mich schon untergehakt hatte und mit mir ein paar Schritte zu einer überdachten Veranda unternahm.

»Sie sind Anwalt für Steuerangelegenheiten, hat mir Ihr Sohn erzählt.«

Ich bejahte und war etwas verwundert, dass das zwischen ihm und Erik ein Thema zu sein schien.

»Sie hätte ich gebraucht, damals.«

Er machte eine kleine Pause, um sich meiner ungeteilten Aufmerksamkeit zu versichern, nachdem er bemerkt hatte, dass ich zugleich Ines' Unterhaltung mit dem Polizeigeneral aus den Augenwinkeln verfolgte.

»Ich bin der Leidtragende eines haarsträubenden Justizirrtums.«

Ich heuchelte Bestürzung, aber nur ein wenig. Wer wollte schon zugeben, zu Recht verurteilt worden zu sein?

»Ich will Sie nicht mit Details langweilen, dennoch: Ich könnte alles lückenlos nachweisen, wenn ich nur an meine Unterlagen dürfte. Aber die sind in Deutschland. Konfisziert von der Staatsanwaltschaft, und die hat Teile davon vernichtet. Ich sage Ihnen damit vermutlich nichts Überraschendes. Es ist wirklich ein Kreuz.«

Ich kannte diese Art Erzählung von Leuten, die

nicht akzeptieren konnten, tatsächlich selbst schuld an etwas zu sein. War ich nicht selbst auch schon auf dem besten Weg, mir eine derartige Story zurechtzulegen? Der Anwalt, dessen Beratungsmodell von führenden Koryphäen des Steuerrechts geprüft worden war und nun plötzlich als Steuerhinterziehung galt? Das klang doch irgendwie ähnlich. Vielleicht war das der Grund, warum mich seine Geschichte wirklich interessierte.

»Ich nehme an, Sie wissen von Erik, wer ich bin?«, fuhr Mister Jack fort.

»Ich habe eine Vorstellung, ja.«

»Ich freue mich, dass Sie hier sind. Kiani braucht Gäste wie Sie und Ihre bezaubernde Frau.«

»Sie ist nicht meine Frau.«

»Ihre Begleitung. Sehen Sie, ich bin hier vor vierzehn Jahren mit fast nichts angekommen. Der größte Teil meines Vermögens war den Behörden zum Opfer gefallen. Alles, was ich noch hatte, habe ich in dieses Hotel gesteckt. Es war eine Ruine, als ich es kaufte. Und sehen Sie jetzt. Ist es nicht wundervoll?«

»Ja, es ist wirklich sehr schön. Wir freuen uns, hier zu sein.«

Es war mir nicht ganz klar, ob wir irgendjemandes Gäste waren. Vorsichtshalber nahm ich an, wir würden alles selbst bezahlen.

»Ja, so schön es ist, ich habe doch immer wieder Sehnsucht nach Deutschland. Der Rhein, Bayern, Berlin …«

Ich konnte mir ein kleines Grinsen über diese Aufzählung nicht verkneifen. Offenbar war ihm wenig Konkretes in Erinnerung geblieben. Oder er wollte darüber nichts sagen.

»Sie amüsiert das. Aber es ist schrecklich, nicht zurück zu dürfen. Ich bin ein ehrbarer Geschäftsmann. Seit vierzehn Jahren baue ich auf dieser Insel den Tourismus auf, verschaffe den Leuten Arbeit, bezahle meine Steuern, spende den Armen, stifte Geld und bin ein hochgeachteter Mann. Nur in meiner eigenen Heimat gelte ich als Verbrecher. Ich wäre wirklich froh, wenn Sie das für mich ändern könnten.«

»Sie meinen, ich soll Sie vertreten, wenn ich wieder zurück bin?«

»Ja, wenn das möglich wäre?«

»Ich prüfe gern, ob es etwas gibt, das ich für Sie tun kann.«

»Ich verstehe das als Zusage, ich danke Ihnen sehr, Herr Doktor Wilke.«

Während ich noch über Mister Jacks etwas hölzerne Feierlichkeit lächelte, sah ich an Ines' Gesichtsausdruck, dass sie offenbar mit dem Polizeigeneral in Streit geraten war. Ich sagte zu Mister Jack:

»Ich habe den Eindruck, Ines fühlt sich nicht wohl mit ihrer Gesellschaft. Begleiten Sie mich zu ihr?«

»Sicher.«

Wir gingen gemeinsam durch den Saal, und ich erzählte von unseren Erlebnissen am Flughafen.

»Ich bitte um Vergebung«, sagte Mister Jack.

»Sie können ja vermutlich nichts dafür.«

»Oft ist unser Personal nicht gut geschult. Und Sie

müssen wissen, alle diese Menschen sind arm. Sie sind so arm, dass Sie sich überhaupt keine Vorstellung davon machen. Sehen Sie, der Mann hier ist Polizeigeneral. Und doch reicht sein Lohn nicht einmal aus, seine Familie zu ernähren.«

Ich wandte mich wieder nach Erik um, weil ich das Gefühl hatte, er könnte uns vielleicht helfen, fand ihn aber nicht. Stattdessen entdeckte ich den Polizeichef, wie er Ines' Smartphone in der erhobenen Hand hielt. Wir gingen zu den beiden hinüber.

»Er will es mir nicht zurückgeben!«, sagte Ines.

»Wieso, ist irgendetwas damit nicht in Ordnung?«, fragte ich den Polizeigeneral.

»Das weiß ich nicht.«

»Warum geben Sie es dann nicht zurück?«

»Ich gehe davon aus, dass alles damit in Ordnung ist.«

»Dann geben Sie es doch bitte wieder her.«

»Das kann ich nicht.«

»Wieso das denn nicht?«

»Es ist zu wertvoll. Ich bin hier auf der Insel für Ihre Sicherheit verantwortlich. Ihre … Gefährtin könnte überfallen und beraubt werden. Ich bin verpflichtet, das zu verhindern.«

»Das ist wirklich sehr nett von Ihnen, sehr aufmerksam, aber ich glaube nicht, dass wir in so großer Gefahr schweben. Sie können es uns selbst überlassen, auf unsere Sachen aufzupassen, wir sind das gewöhnt.«

Während ich sprach, spürte ich, wie mich Mister Jack am Ärmel beiseitezog. Ich gab ihm nach.

»Was ist denn?«

»Sie sollten vorsichtig sein. Sie sind dabei, den Polizeigeneral in der Würde seines Amtes zu beleidigen.«

»In der Würde seines Amtes? Wie das denn?«

»Sie ziehen seine Entscheidung in Zweifel.«

»Allerdings tue ich das!«

»Sie werden Ihr Handy wiederbekommen, aber nicht jetzt. Sie müssen ihm die Chance geben, sein Gesicht zu wahren. Lassen Sie ihn tun, was immer er jetzt tun will. Ich sorge dafür, dass Sie es wiederbekommen.«

Ich zögerte, aber was blieb mir schließlich anderes übrig, als mich auf ihn zu verlassen. Wir konnten dem General das Ding ja schlecht entreißen. Als ich Ines sagte, sie solle sich einverstanden erklären, sah sie mich an, als hätte ich den Verstand verloren. Meine nachgeschobene Erklärung besänftigte sie in keiner Weise. Sie drehte auf dem Absatz um und rauschte ab aufs Zimmer.

»Sie müssen es uns wiedergeben«, sagte ich zum Polizeigeneral.

»Wenn Sie abreisen«, antwortete er …

Jetzt endlich sah ich Erik auf der Veranda stehen. Er hatte einen Drink in der Hand und rauchte eine Zigarette. Ich ging zu ihm und berichtete ihm von dem Vorfall. Mister Jack kam dazu und beschwichtigte.

»Das ist kein Problem, Papa. Ihr werdet es schon wiederbekommen. Du hast ja auch noch eins, oder?«

Ich überlegte tatsächlich, ob ich ihm die Wahrheit sagen sollte.

»Ja, klar, ich habe auch eins«, antwortete ich einen Augenblick später.

»Pass auf, dass er es nicht sieht, sonst muss er es dir auch abnehmen. Das läuft hier anders als in Deutschland, aber glaub mir, man kann damit zurechtkommen. Wichtig ist, dass man eine Respektsperson nicht gegen sich aufbringt.«

Ich konnte es kaum glauben, was er da sagte. Mister Jack nickte unentwegt, während Erik sprach, als sei alles, was er sage, über jeden vernünftigen Zweifel erhaben.

Ich hatte genug von diesem Abend.

»Aber du bist jetzt nicht sauer?«, fragte mich Erik allen Ernstes, als ich mich aufs Zimmer verabschiedete.

»Sagen wir so: Ich bin ziemlich verwundert.«

»Papa, das kommt wieder in Ordnung. Ich freue mich jetzt erst mal auf morgen. Ich will euch die Bar zeigen. Und wir haben eine Überraschung geplant.«

»Eine Überraschung. Ist das die Möglichkeit.«

»Na, komm, entspann dich, du bist in Afrika. Die Dinge laufen hier ein bisschen anders als bei euch zu Hause in eurem Rechtsstaat. Betrachte es als Erfahrung.«

Ich konnte nicht glauben, dass das wirklich seine Meinung war, aber es sah ganz danach aus.

Ich verabschiedete mich und ging aufs Zimmer. Ines lag im Dunkeln unter dem Moskitonetz im Bett, aber sie war noch wach.

»Hast du es wieder?«, fragte sie.

»Keine Chance. Sie finden es richtig, dass er es dir weggenommen hat.«

»Was sind das für Arschlöcher? Und was stellen die jetzt mit meinem Handy an? Wenn die sich die Fotos ansehen? Die könnten sonst was damit machen!«

Sie hatte recht. Aber ich hoffte einfach, das würde nicht geschehen.

5.

Das Frühstück am nächsten Morgen nahmen wir auf der Terrasse des Hotels mit Blick über den Hafen ein. Wir hatten schlecht geschlafen, waren früh aufgestanden und würden erst gegen zehn von Erik abgeholt werden.

Wir waren übernächtigt und immer noch verärgert und verunsichert durch den Vorfall mit Ines' Smartphone, und doch überwältigte uns die Schönheit des heranbrechenden Tages.

»Wir können das nicht einfach so hinnehmen«, sagte Ines.

Ich fühlte mich schuldig, denn ich war verantwortlich dafür, dass wir überhaupt hier waren. Trotzdem versuchte ich, sie zu beschwichtigen.

»Du hast vollkommen recht. Aber was kann schlimmstenfalls passieren? Ich kaufe dir ein neues, wenn wir wieder zu Hause sind.«

»Das ist wohl kaum das Problem.«

»Sondern?«

»Das ist jetzt nicht dein Ernst, oder? Was glaubst du, sagt ein Polizeihäuptling, der es unmoralisch findet, dass du geschieden und mit deiner Freundin unterwegs bist, und dir das auch gleich unter die Nase reibt, zu der Tatsache, dass diese Freundin sich und dich auf dem Hoteldach beim Vögeln fotografiert hat?«

»Erst mal muss er die Fotos sehen. Dein Handy hat doch einen Sicherungscode. Und ›Polizeihäuptling‹ ist rassistisch, findest du nicht?«

»So einen Code kann jedes Kind knacken. Und glaubst du, dieser sogenannte Polizeigeneral ist ein echter Polizist? Mir kam der eher vor wie ein Gauner, der sich eine Uniform besorgt hat.«

»Vielleicht, aber das bringt uns nicht weiter. Er hat offensichtlich die Macht, uns einfach etwas wegzunehmen –«

»– mir! Mir etwas wegzunehmen.«

»Ja, dir. Ich wüsste nicht, bei wem man sich darüber beschweren, welches Gericht man deshalb anrufen könnte. Wir sollten besser versuchen, damit auf die gleiche Weise klarzukommen wie die Einheimischen.«

»Und die wäre?«

»Ich weiß es nicht. Ich hoffe, Erik kann uns da weiterhelfen.«

Ich glaube, Ines war etwas enttäuscht von meiner Haltung. Sie hätte sich ein wenig Heldentum gewünscht.

Erik kam mit seinem Land Rover vorgefahren, parkte auf der anderen Straßenseite, sprang aus dem Wagen, sah blendend aus. Ich freute mich, ihn so zu sehen. Vielleicht konnte er ja etwas zur Klärung der Lage beitragen. Er begrüßte uns munter, Ines mit Küsschen, mich mit einem Klaps auf die Schulter.

»Das ist gestern nicht so gut gelaufen, aber das ist kein Problem, wir regeln das«, sagte er zu Ines.

Ich fragte mich, wen er mit wir meinte.

»Wir sollten bei der Polizei vorbeischauen«, sagte ich.

»Nicht heute«, sagte Erik.

»Wieso nicht heute? Natürlich heute! Ich will mein Smartphone wiederhaben!«, rief Ines.

»Aber wenn wir heute hingehen, bekommst du es nicht.«

»Was soll das heißen?«

»Das ist hier nicht wie in Deutschland. Es geht nicht um dein Smartphone. Du darfst die Würde des Polizeigenerals nicht missachten.«

»Ach so? Es verletzt seine Würde, wenn ich ihn bitte, mir mein Eigentum zurückzugeben?«

»Wenn du es heute tust, schon. Wenn er es dir dann gibt, sieht es so aus, als habe er gestern einen Fehler gemacht und du schließlich recht behalten. Also müsste er es schon behalten, um sein Gesicht zu wahren. Lange behalten. Länger, als er es behält, wenn du ihn heute nicht danach fragst. In ein paar Tagen sprechen wir mit ihm und sagen, du hättest dich gut eingelebt und wüsstest nun, wie man damit umgehen muss, und dann wird er es dir geben.«

Ines sah mich an, sie machte kein Hehl daraus, dass sie diese Argumentation bescheuert fand. Ich neigte aber dazu, Erik zu glauben. Er kannte die Leute hier.

»Also gut, wenn ihr meint, dann warten wir ein paar Tage«, sagte Ines. Sie klang alles andere als überzeugt. »Ich geh noch mal kurz aufs Zimmer. Ihr könnt die Zeit ja für ein erstes Vater-Sohn-Gespräch nutzen.«

Mir war diese Bemerkung etwas peinlich.

Erik lächelte. »Sie ist süß«, sagte er.

Es stimmte, aber ich fand es merkwürdig, meinen Sohn das über meine Freundin sagen zu hören.

»Ist es was Ernstes?«, fragte er mich. Es schien ihm zu gefallen, mich in Verlegenheit zu bringen. Wahrscheinlich ein kleiner Racheakt für seine Mutter.

»Ich schätze sie sehr. Und sie mich. Aber würden wir es Liebe nennen? Meine Ehe mit deiner Mutter war etwas Ernstes. Und Liebe. Aber das ist vorbei. Und es gibt keinen, der es mehr bedauert.«

»Als du?«

»Ja.«

»Das überrascht mich. Du hast eure Ehe doch zum Scheitern gebracht.«

Das stimmte, und ich hatte es nie geleugnet, und es beantwortete auch immer die Frage, wer an allem schuld war. Aber bedeutete das, es würde für mich danach nie wieder ein Gespräch mit meinen Kindern geben, das ohne diese Feststellung begann?

»Aber das heißt nicht, dass sie mir nichts mehr bedeutet. Ich sah nur keinen anderen Ausweg. Es fühlte sich an, als sei mein Leben an seinem Ende angelangt. Aber ich lebe ja noch. Du müsstest das Gefühl doch kennen. Dich hat es immer hinausgetrieben. Dir hat es doch immer schon mehr Spaß gemacht, Dinge abzubrechen, als sie anzufangen.«

Meine Bemerkung brachte ihn zum Lachen, er schien sich nicht sonderlich angegriffen zu fühlen. Früher hätte ihn eine Bemerkung wie diese erzürnt. Das war vielleicht ein Fortschritt.

Ines kam zurück, und wir brachen auf. Erik wollte uns das Resort, den Strand und natürlich seine Bar zeigen.

»Es dauert ungefähr eine Viertelstunde, bis wir dort sind«, sagte er. Ines saß auf dem Beifahrersitz, ich auf der Rückbank. Sie war gedanklich immer noch mit ihrem Smartphone beschäftigt.

»Und du bist sicher, dass er ein richtiger Polizist ist?«, fragte sie Erik.

»Was heißt sicher? Er trägt Uniform, die Männer auf der Polizeistation befolgen seine Befehle, alle auf der Insel kennen und respektieren ihn in seiner Rolle, auch die Ausländer, wie Mister Jack. Also gehe ich davon aus, dass er das ist, was er zu sein scheint.«

»Aber wie kann er mich dann vor aller Augen bestehlen, ohne dass es irgendjemanden kümmert?«

»Wer sagt, dass er dich bestohlen hat?«

»Ich! Er fragte mich, ob ich ein Smartphone hätte, und falls ja, ob er es sehen dürfe. Ich wunderte mich zwar, aber dachte, warum nicht? Und als ich es ihm gab, funkelten seine Augen vor Begeisterung, als bekomme er es geschenkt. Und dann fing er an, mir zu erklären, es sei viel zu kostbar, um es hier herumzutragen. Schon für viel weniger seien Leute umgebracht worden. Beruhigender Gedanke übrigens. Und dann weigerte er sich, es mir zurückzugeben. Wie soll ich nicht denken, er hat es mir geklaut?«

»Weil er es nicht getan hat«, sagte Erik.

»Wie bitte?«

»Er hat es in Verwahrung genommen, um dich zu schützen. Du wirst es wiederbekommen. Ich glaube nicht, dass du ein Recht hast, das anzuzweifeln.«

»Ich zweifle gar nichts an. Ich sage, er hat es mir gegen meinen Willen weggenommen, und das darf er nicht.«

»Das ist weniger dramatisch, als es euch vorkommt. Denn, hey, seht euch dieses Land an. Seine Schönheit und seine Armut. Ist ein Smartphone wirklich so wichtig?«

Ines war sprachlos vor Wut. Die Straße war teilweise geteert und dazwischen eine festgefahrene Sandpiste mit tiefen Mulden und Schlaglöchern, die Erik routiniert umkurvte. Ich sah ihm sein Vergnügen an. Ich hoffte, es war die Fahrerei, die ihm Spaß machte, nicht die Sache mit dem Smartphone.

»Bevor wir ins Resort fahren, will ich euch noch was zeigen«, sagte er. »Das da vorne ist Kiani Village.«

Wir fuhren auf eine Siedlung zu, von der man allerdings nicht viel mehr sehen konnte als spitze Strohdächer. Der Rest lag hinter hohen Mauern verborgen, welche die Grundstücke umfriedeten. Oben waren bunte Glasscherben einzementiert, die es unmöglich machen sollten darüberzuklettern. Schwarz gestrichene Metalltore sicherten die Einfahrten, vor denen Wachen in Uniformen standen, der des Polizeigenerals nicht unähnlich.

»Das hier ist derzeit Mister Jacks größtes Projekt«, sagte Erik, während wir ausstiegen.

»Was genau ist das?«

»Ferienhäuser. Aber kein Resort, keine Anlage. Private, individuelle Häuser.«

»Und er baut das alles?«, fragte ich.

»Ja, er ist der Investor. Mit ähnlichen Projekten ist er reich geworden. Aber das ist sein ehrgeizigstes bisher. Der Grund hier auf der Insel ist besonders teuer. Er lässt die Einheimischen am Bau der Häuser mitverdienen, das sorgt für gute Stimmung.«

»Er beteiligt sie?«

»Nein, er zahlt ihnen Gehälter.«

Ich sah Erik prüfend an. Er hatte das nicht als Witz gemeint.

»Scheint außergewöhnlich zu sein«, sagte ich.

»So, wie er es macht, schon. Sieh mal, von vierzehn Häusern ist die Hälfte schon fertig, das hat kein halbes Jahr gedauert.«

»Sind die Häuser denn schon bewohnt?«, fragte Ines. Die Frage war berechtigt, denn nirgends waren Menschen zu sehen.

»Ja, einige davon. Aber es gibt im Augenblick eine Nachfrageschwäche.«

»Eine Nachfrageschwäche. Was für ein Wort. Wen stellt sich Mister Jack denn als Käufer vor?«

Erik drehte sich um, baute sich vor Ines und mir auf, öffnete die Hände und grinste.

»Leute wie euch!«

Ich zog die Augenbrauen hoch.

»Was sollte mich dazu veranlassen, so was zu kaufen? Ich meine, es liegt nicht gerade um die Ecke«, sagte ich.

»Die meisten Käufer wollen nicht nur ein paar Mal im Jahr herkommen. Sie entscheiden sich für ein neues Leben. Ein Leben unter Palmen am Indischen Ozean, das auch alle Annehmlichkeiten der Heimat bereithält.«

»Du redest wie ein Makler.«

»Na ja, ich muss zugeben, wir alle hier sind interessiert daran, dass die Häuser so bald wie möglich bewohnt werden.«

»Und du denkst ernsthaft, das wäre was für uns?«

»Warum nicht?«

»Im Leben nicht!«, sagte Ines.

»Keine vorschnellen Entschlüsse«, erwiderte Erik. »Seht es euch doch erst mal an.«

Wir hielten vor einem der verschlossenen Einfahrtstore. Der Wachmann erwiderte Eriks Winken und beeilte sich, das von Schlössern und Eisenstangen gesicherte Tor zu entriegeln und zur Seite zu schieben. Wir fuhren hinein und stiegen aus.

Auf dem Grundstück befanden sich ein rund gebauter Bungalow mit zwei unterschiedlich großen spitzen Strohdächern und ein halb gefüllter Swimmingpool, in den gerade Wasser einlief. Ein weißer Mann um die sechzig kam aus dem Wohnhaus und trat auf uns zu.

»Das ist Holm. Er ist hier so was wie der Verwalter der Häuser, in denen noch niemand wohnt«, sagte Erik.

Holm roch stark nach Alkohol, wirkte aber nicht betrunken. Er begrüßte uns per Handschlag.

»Ah, ist das die Schwester?«, fragte er, als Ines an der Reihe war.

»Falls Sie gerade mit mir sprechen: Nein, die bin ich nicht«, antwortete sie.

Holm sah sie einen Moment erschrocken an und wandte sich dann Erik zu, dem er erklärte, er fülle gerade den Pool auf. Er beklagte sich über ein technisches Problem mit einer Pumpe und sprach dabei so, als berichte er seinem Chef, mit dem er auf vertrautem Fuß stand.

»Ist es in Ordnung, wenn ich meinem Vater und seiner Lebensgefährtin mal das Haus zeige?«, fragte Erik ihn. Holms Chef konnte Erik nicht sein, dann bräuchte er seine Erlaubnis nicht. Holm nickte und machte eine Handbewegung, die »Nur zu« bedeutete, und wir gingen ins Haus. Erik schaute kurz, ob wir außer Hörweite waren, dann sagte er:

»Ein armer Kerl. Seine Frau hat ihn sitzen lassen. Sie ist mit einem Einheimischen abgehauen. Seitdem trinkt er. Und außerdem, heißt es, hat er sich Aids eingefangen.«

Ines und ich wechselten bestürzte Blicke. Draußen an der Straße hatte ich ein Schild mit der Aufschrift AIDS IS A REALITY gesehen. So war das also gemeint.

»Die Häuser sind teils fertig, teils noch im Rohbau«, sagte Erik.

»Wird er denn vernünftig medizinisch versorgt?«, fragte Ines.

»Holm? Weiß ich nicht. Ich weiß nicht, ob er versichert ist. Mister Jack bezahlt ihm ein Gehalt. Ist so etwas wie ein Gnadenbrot. Ich glaube nicht, dass er sich große Chancen ausrechnet, noch lange zu leben.«

Wenn es wahrscheinlich auch zutreffend war, was er sagte, gefiel mir sein Fatalismus nicht, der mir wie ein Mangel an Mitgefühl erschien. Erik hatte immer auch eine zarte Seite an sich gehabt, die mich sehr rührte, wenn ich sie an ihm erkannte. Offenbar hatte er gelernt, sie zu verbergen. Ich sah, dass Ines sich über ihn ärgerte.

»Und das findest du in Ordnung so?«, fragte sie ihn.

»Was heißt in Ordnung? Ich kann es ja nicht ändern.«

»Also nicht, dass mich der Mann irgendetwas anginge, aber es ist doch erschütternd, ihn so zu sehen«, sagte sie.

Erik führte uns durch die Zimmer. Das war schnell geschehen, denn im Wesentlichen bestand das Haus aus einem zentralen Raum, der den größten Teil der Grundfläche einnahm.

»Wie gesagt, die Häuser sind teils fertig, teils noch im Rohbau. Das hier ist eigentlich so gut wie fertig, aber nicht eingerichtet. Ein Musterhaus. Aber auch, wenn es hier jetzt noch nicht so wohnlich aussieht, ich finde, man kann sich hier drin ein gutes Leben vorstellen, ihr nicht?«

»Erik, warum sehen wir uns das an? Ich möchte hier nicht bleiben. Kannst du das verstehen?«

Ines war es ernst, das war nicht schwer zu erkennen. Erik reagierte ein wenig betrübt. Mir ging es genauso wie Ines, und doch tat es mir leid. Irgendein Enthusiasmus verband Erik mit dieser Siedlung oder mit einem Haus wie diesem. Für mich war das kaum zu begreifen, denn das, in dem er wohnte, fand ich viel schöner. Aber vielleicht verstand er das hier als eine Art Versprechen für die Zukunft: seine und die der Insel.

»Klar«, sagte er. »Lasst uns an den Strand gehen. Eigentlich wollte ich euch ja meine Bar zeigen. Wollt ihr sie sehen?«

Ines hakte sich bei ihm unter.

»Natürlich wollen wir deine Bar sehen. Entschuldige bitte, Erik, aber ich muss sagen, das ist für mich einfach alles ziemlich fremd hier. Es ist seltsam und ehrlich gesagt auch bedrückend, das musst du doch auch verstehen.«

Die beiden gingen voran zum Wagen und ich hinterher. Wir winkten Holm zum Abschied, der am Rand des halb vollen Swimmingpools kniete und zurückwinkte. Ich fragte mich, wie lange er wohl noch zu leben hatte.

Wir fuhren los, und eine Weile redete niemand, bis Erik das Schweigen brach.

»Nein, eigentlich nicht.«

»Was, eigentlich nicht?«, fragte Ines, die wusste, worauf sich Erik bezog. Aber sie wollte es hören.

»Ich finde es nicht bedrückend. Mir kommt hier alles irgendwie realer vor. Der Tod zum Beispiel. Hier gibt es ihn wirklich. Er ist alltäglich, und er ist nichts Schlimmes. Er gehört dazu. Menschen sterben. An Aids, durch andere Krankheiten, durch Gewalt, bei Unglücken. Man muss sich damit abfinden. Und ihm entkommen. Und das Leben wird dadurch zu einem Triumph. Hört sich vielleicht komisch an. Ist aber wirklich so.«

Wir fuhren auf einer Dirtroad Richtung Strand, an deren Ende wir unter langnadeligen Bäumen parkten, die direkt aus dem Sand wuchsen.

Erik kam noch einmal auf das Immobilienthema.

»Wie auch immer, überlegt es euch. Vielleicht kommt es ja für euch infrage, wenn ihr euch erst mal in die Insel verliebt habt und du über die Handygeschichte weg bist.«

Ines rollte die Augen.

»Ich stehe jetzt da wie die blöde Europäerin, die nicht über den Verlust eines Handys hinwegkommt. Ist es denn so schwer zu verstehen, worum es mir geht? Wo einem so was einfach passieren kann, ist man nicht sicher.«

»Keine blöde Europäerin. Aber ihr seid alle von so einem komischen Sicherheitswahn besessen. Deine Sichtweise wird sich ändern und damit auch deine Bedürfnisse.«

In meiner Jugend gab es Hippies, die so redeten. Sie

nahmen für sich in Anspruch, weise zu sein, weil sie ein paar Monate durch Indien oder Südamerika gereist waren. Seltsamerweise nie durch Afrika. In Indien hatten sie die Spiritualität gesucht, in Südamerika die Revolution. Wieder zu Hause, sprachen sie zu uns Jüngeren darüber, wie beschränkt die europäischen Sichtweisen waren. Mein Sohn war nicht geboren, als mich diese Typen beeindruckten und ich mir die Haare wachsen ließ wie sie. Er war auch nicht genau wie sie, denn seine Lebensweisheiten ließen sich offensichtlich mühelos mit dem Geschäftsinteresse eines Immobilienmaklers verbinden. Er führte uns zu einer kleinen Anlegestelle, an der ein langer, schmaler Kahn mit einem Außenbordmotor auf uns wartete. Ein junger Mann, nicht älter als achtzehn, groß und schlacksig, mit einem wachen, ernsten Gesichtsausdruck empfing uns.

»Das ist Suleiman. Er hilft mir mit der Bar.«

Suleiman sprach Deutsch und das beeindruckend gut. Ich fragte ihn, wo er es gelernt habe. Er lächelte.

»Bei Mister Erik, mit meinem Wörterbuch und in der Bar. Dort sind viele Deutsche. Ich höre, wie sie sprechen.«

Anders, als ich erwartet hatte, lag die Boko-Boko-Bar nicht am Strand, sondern auf einer winzigen, ganz von Sand bedeckten Insel in der Bucht von Kiani. Es war nicht mehr als ein einfacher Verschlag aus Brettern und Schilf.

»Hast du keine Angst, dass sie weggespült wird?«, fragte ich Erik.

»Bei normalem Seegang können ihr die Gezeiten nichts anhaben.«

»Und wenn es Sturm gibt?«

»Einmal hat es sie schon weggerissen. Den Generator, die Kühltruhe und die Getränke hatten wir rechtzeitig mit dem Kahn in Sicherheit gebracht. So eine Bude ist schnell wieder aufgebaut.«

Das war nun nicht sehr überraschend, dennoch nickte ich, als hätte er mir gerade etwas Erstaunliches erzählt. Ich versuchte, mir einen Reim darauf zu machen, warum der Kaufpreis für einen Bretterverschlag am Ende der Welt fünfzigtausend Euro betrug. In was für ein Geschäft hatte er sich da eingekauft? Ein kleiner Steg diente als Anlegestelle. Suleiman half Ines aus dem Boot, Erik mir. Er reichte mir dazu die Hand, und ich nahm sie. Eine Geste, die mich rührte.

Die Bar hatte eine Veranda zum offenen Meer hinaus, mit Tischen, Holzbänken und Liegestühlen. Im Hintergrund pluckerte Dub-Reggae. Imani, Eriks Freundin, stand hinter der Theke, Doobie, der Tauchlehrer, döste in einem Liegestuhl in der Sonne. Im Innenraum gab es einen Tresen und ein paar Tische mit Sitzgelegenheiten. Es waren gar nicht so wenige Gäste da. Die Wände waren reich dekoriert: ein präparierter Schwertfisch, Fotos und Postkarten aus der ganzen Welt, ein verblasstes Bob-Marley-Poster, eine merkwürdige schwarz-weiß-rote Fahne, die ich vage mit dem deutschen Kaiserreich in Verbindung brachte, ohne genau zu wissen, was sie bedeutete.

An einem Tisch saß eine größere Gruppe von Leuten, denen wir schon am vergangenen Abend im Hotel begegnet waren. An einem anderen Tisch saßen vier weiße Männer und eine Frau, ein wenig jünger als ich, die nicht wie Touristen auf mich wirkten.

Ines und ich suchten uns einen Platz im Halbschatten auf der Veranda, Imani kam zu uns und fragte uns, ob sie uns etwas bringen könne, »einen Gin Tonic zum Beispiel«. »Warum nicht«, erwiderten wir, schließlich sollte all das nicht nur eine strapaziöse Familienzusammenführung sein, sondern auch Urlaub. Nachdem er eine Weile bei Doobie gestanden und mit ihm gesprochen hatte, kam Erik zu uns herüber.

»Bevor ihr euch für Gin entscheidet: Doobie hat mir gerade erzählt, dass Walhaie in der Bucht sind.«

»Das heißt, wir werden gefressen?«, fragte ich.

Erik lachte über meinen lahmen Witz mehr als nötig. »Nein, Walhaie fressen nur Plankton. Deshalb schwimmen sie an der Wasseroberfläche, und man kann neben ihnen schnorcheln. Sie sind absolut harmlos. Man sollte sie nur nicht berühren, weil das ihre Haut verletzt. Sie können fünfzehn Meter lang werden. Es sind wundervolle Tiere. An manchen Tagen kommen sie zu Besuch, so wie heute. Das ist eine ausgezeichnete Gelegenheit, die ihr euch nicht entgehen lassen solltet.«

Ines signalisierte sofort Unternehmungslust. Für Drinks sei später noch genug Zeit. Ich war froh darüber, dass sie die Initiative ergriff. Offenbar hatte sie sich entschieden, das Beste aus dem Urlaub zu machen. Ich wollte nichts tun, um diesen Entschluss zu bremsen, wenn ich auch der Einzige zu sein schien, den die

Vorstellung, neben so gigantischen wie sanften Meerestieren zu schwimmen, nicht euphorisierte. Doobie klatschte zum Aufbruch in die Hände, wir stiegen in seinen motorisierten Kahn und fuhren los zur Tauchschule, wo wir unsere Ausrüstung bekommen sollten. Immerhin war ich froh, dass wir alle zusammen etwas unternahmen.

»So ist das hier oft«, rief mir Erik im Motorboot zu. »Eine Gelegenheit ergibt sich, und alle, die Lust haben, machen mit. Ich kann selten vorhersagen, was ich an einem Tag unternehmen werde. Daran könntet ihr doch auch Gefallen finden, oder nicht?«

In der Tauchschule bekamen wir eng anliegende Neoprenanzüge. Ines sah atemberaubend darin aus, wie ein Bond-Girl. Erik konnte sich ein paar sehr interessierte Blicke nicht verkneifen. Er selbst hätte einem Surf-Film entsprungen sein können. Für mich waren wohl nur weniger schmeichelhafte Vergleiche angebracht, die aber niemand zog.

Außer uns machten noch ein stark übergewichtiges englisches Ehepaar und zwei drahtige Spanier mit, die ein enormer Ehrgeiz zu plagen schien, da sie es kaum erwarten konnten, ins Boot zu kommen.

Wenig später brachten wir alle gemeinsam ein hochseetaugliches Schlauchboot mit zwei mächtigen Außenbordern zu Wasser und fuhren mit Vollgas auf den Ozean hinaus, dorthin, wo Doobie die Walhaie vermutete. Während der Fahrt saßen wir an den Seiten, beide Hände fest an den Tauen, die wir nicht loslassen durften. Jeder Schlag der Wellen konnte einen hinauskatapultieren, genauso wie Doobies unvorhersehbare Manöver. Erik gab uns im Boot eine Einweisung ins Schnorcheln.

Unvermittelt stoppte Doobie den Motor. Er stand aufrecht im Boot, und sein konzentrierter Blick glitt über das Wasser. Im nächsten Moment gab er wieder Vollgas, und es ging weiter. Doobie saß achtern am Motor und steuerte frontal gegen die Strömung, das Boot schlug mit voller Wucht gegen Welle auf Welle. Wir hatten die Wahl, uns entweder auf den Bootsrand zu setzen und mit beiden Händen an den längs laufenden Tauen festzuhalten oder uns auf den Boden zu legen. Das englische Ehepaar entschied sich sofort für Letzteres. Wie Fische auf dem Trockenen lagen sie auf dem Rücken und starrten ängstlich gen Himmel. Ines, die Spanier und ich hielten die Stellung, auch wenn ich zugeben musste, dass ich die Engländer ein wenig beneidete. Plötzlich drosselte Doobie wieder den Motor und rief gepresst, als fürchte er, von den Tieren gehört zu werden:

»Whalesharks!«

Wie Erik es uns erklärt hatte, setzten wir alle unsere Schnorchelbrillen auf und ließen uns rücklings ins Wasser fallen. Selbst noch vom Boot aus wirkte der Seegang so, als wäre es nicht schwierig, sich an der Oberfläche zu halten. Das gelang mir auch, doch die Wellen waren hoch genug, um das Sichtfeld auf wenige Meter zu beschränken. Alle anderen hatte ich sofort aus den Augen verloren. Nur das Boot sah ich ab und zu auftauchen. Es war schon viel weiter von mir weg, als ich gedacht hatte. Die Möglichkeit, es nie wieder erreichen zu können, auch von den anderen nie wieder einen zu Gesicht zu bekommen, erschien mir in diesem Moment ganz real, doch merkwürdigerweise erschreckte sie mich nicht im Geringsten. Ich betrachtete sie ruhig, und eher als zu denken, fühlte ich, dies wäre keine schlechte Art zu sterben. Nicht dass ich es mir gewünscht hätte, ich empfand keinen Lebensüberdruss, aber ich nahm zur Kenntnis: Worauf ich mich eingelassen hatte, konnte mein Ende bedeuten. Ich drehte mich mit dem Gesicht nach unten, holte durch den Schnorchel Luft und tauchte dann, wie ich es gezeigt bekommen hatte, tief genug unter die Wasseroberfläche, um mich fortbewegen zu können. Ohne es zu wissen, war ich unmittelbar über einem der Tiere ins Wasser gegangen. Es war von solchen Ausmaßen, dass ich nicht gleich verstand, was ich vor mir hatte. Ein kolossales Lebewesen, das größte, dem ich je begegnet war. Ich könnte nicht erklären warum, aber mein Gefühl war, der Walhai registrierte mich mit gelassener Aufmerksamkeit, vielleicht sogar Neugier. Ohne sichtbare Bewegung trieb er unter mir. Ich paddelte mit den Füßen, um ihm näher zu kommen. Er ließ mich herankommen. Ich dachte an Eriks Warnung und widerstand dem Wunsch, die Hand nach ihm auszustrecken. Die geringste menschliche Berührung, so waren wir von Doobie eindringlich gewarnt worden, verletze den Schutzfilm ihrer obersten Hautschicht. Entzündungen, die im schlimmsten Fall sogar tödlich enden konnten, wären die Folge. Ich fragte mich zwar, ob das nicht ein Märchen war, das uns besonders eindringlich die zerstörerische Wirkung des Menschen auf die Natur begreiflich machen sollte, aber die Probe aufs Exempel wollte ich nicht wagen.

Wahrscheinlich war es keine Minute, die ich eine Armlänge entfernt über dem Walhai schwamm, aber die Illusion der Harmonie mit diesem so fremdartigen Lebewesen euphorisierte mich derart, dass ich jedes Zeitgefühl verlor. Doch dann genügte ein einziger Schlag des Walhais mit der Schwanzflosse, und er war meterweit von mir entfernt. Ich wollte ihm unbedingt folgen, doch in diesen Wunsch mischte sich die Furcht, ich könnte mich vielleicht schon zu weit vom Boot entfernt haben. Ich tauchte auf und sah mich um. Etwa fünfzig Meter war ich weg. Die Spanier und Engländer waren schon an Bord und winkten mir, anscheinend mit einer gewissen Dringlichkeit, zurückzukommen. Sofort fürchtete ich, Ines sei etwas passiert. Sie war jung, kräftig, sportlich. Ich hatte nicht den geringsten Anlass, mir um sie mehr Sorgen zu machen als um mich. Dass ich es doch tat, war Ausdruck meiner Überzeugung, ich sei ohnehin an allem schuld. An allem, was auch immer geschehen mochte. Sollte Ines etwas zustoßen, was würde ich ihren Eltern sagen, die mich, wenn sie von meiner Existenz überhaupt wussten, vermutlich für einen alten Wüstling hielten? Hätte ich nicht meine Ehe verraten, wäre ich mit Ines nie zusammengekommen, die Idee, mit ihr nach Kiani Beach zu reisen, wäre nie entstanden. Ihr liebenswerter jugendlicher Enthusiasmus hatte uns hierher gebracht, um zu erreichen, was ich bisher versäumt hatte: eine Beziehung zu meinem ältesten Sohn herzustellen, die diesen Namen verdiente. Ich musste all dies nicht ausdrücklich »denken«. Diese Feststellungen und Vorwürfe gegen mich selbst waren mir in Fleisch und Blut übergegangen. Ich schwamm, so schnell ich konnte, was mich erstaunlich schnell erschöpfte. Als ich ankam, streckten mir die beiden Spanier schon mit besorgten Gesichtern die Arme entgegen und hievten mich über die Bordwand. Wieder auf den Beinen sah ich Erik auf der anderen Seite etwa zehn Meter vom Boot entfernt mit Ines im Rettungsgriff.

Mit kraftvollen Beinschlägen näherte er sich. Ines war bei Bewusstsein, das sah ich, und sie schien nicht in Panik. Die Spanier holten auch sie an Bord. Erik stemmte sich aus eigener Kraft ins Boot. Ines hustete. Sie hatte jede Menge Wasser geschluckt. Erik nahm sie in den Arm und fragte sie, ob sie so weit in Ordnung sei, und sie nickte. Als er an mir vorbei zum Motor ging, sagte er:

»Sie hat die Orientierung verloren. Ich habe sie reingeholt.«

Ich ging zu ihr und legte ihr die Hand auf die Schulter.

»Was ist denn passiert?«

»Ich weiß nicht. Ich dachte, ich sehe einen Walhai, und wollte zu ihm hintauchen. Er schwamm ein paar Meter unter mir. Ich war so aufgeregt und bin ihm gefolgt, und als ich wieder hochkam, drehte sich plötzlich alles.«

»Klingt nicht gut«, sagte ich. »Klingt nach Taucherkrankheit.«

»Kann eigentlich nicht sein. Dafür war sie zu kurz unten«, sagte Erik. Er genoss seine Rolle als Bescheidwisser. Ich gönnte sie ihm gerne, aber nicht, wenn sie ihm auch angesichts einer realen Gefahr das Wichtigste war.

»Ich verstehe ja, dass du dich gut auskennst, aber das würde ich gerne von einem Arzt hören.«

Das Gesicht, das er jetzt machte, kannte ich noch von früher, als wir noch unter einem Dach lebten, er ein unglücklicher, widerstrebender Jugendlicher und ich sein unzufriedener, unverständiger Vater. An der Südküste Afrikas, in einem Hochseeboot im Indischen Ozean, standen wir uns nun wieder genau so gegenüber wie vor zwanzig Jahren in seinem Zimmer, und es ging darum, wer es besser wusste.

»Auf der Insel gibt es keinen Arzt.«

»Auf dieser Insel gibt es keinen Arzt? Was macht ihr denn, wenn jemand krank wird?«

»Wir behandeln uns selbst.«

»Auch Beinbrüche? Herzinfarkte?«

»In Malindi ist ein Krankenhaus.«

»Da sollten wir hin. Wer weiß, vielleicht hat sie doch die Taucherkrankheit?«

»Hat sie nicht, glaub's mir doch einfach.«

Ines hustete.

»Hört auf, ihr beiden. Ich glaube, es ist alles in Ordnung. Ich war nicht so lange unten.«

Die Spanier und Engländer verstanden vielleicht

nicht, was wir besprachen, aber sie wunderten sich natürlich über unsere Auseinandersetzung. Ich verzog mich auf meinen Platz.

Auf der Rückfahrt steuerte Erik das Boot und ließ es langsamer angehen, damit wir es bequemer hatten, außerdem fuhren wir landwärts mit der Strömung.

Ich war mir überhaupt nicht sicher, ob es auch nur die theoretische Möglichkeit gab, dass sich Ines durch zu schnelles Auftauchen gefährdet oder verletzt hatte. Vermutlich war Erik absolut im Recht, doch ich hatte das dringende Bedürfnis, mich über ihn aufzuregen, allein weil er meine Frage nach einem Arzt so leichtfertig abgetan hatte. Meine Aufgeregtheit stand in keinem Verhältnis zu ihrem Anlass, das war mir selbst schon klar und ärgerte mich nur noch mehr.

Ines hatte überhaupt kein Interesse daran, die Patientin zu spielen. Sie erholte sich schnell, und als ich den Arm um ihre Schultern legte, sagte sie, »Es geht schon, danke«, was wie eine Zurückweisung klang, obwohl es wahrscheinlich nicht so gemeint war.

Wir fuhren an dem kleinen Hafen in der Nähe unseres Hotels vorbei. Am Pier war mehr Bewegung als sonst. Eine eng zusammenstehende Gruppe bildete den unbeweglichen Kern, um sie herum wogten die anderen, neugierig, aufgebracht, belustigt.

»Was ist da los?«, fragte ich Erik.

»Keine Ahnung. Nichts Ernstes.«

»Ich hatte gar nicht gefragt, ob es was Ernstes ist.«

»So was kommt immer wieder mal vor, aber es geht so schnell vorbei, wie es kommt, und ist dann vergessen. Eine spontan entstandene Aufregung, mehr nicht.«

»Aufregung? Worüber?«

»Das kann alles sein: ein falsches Wort, eine Meinungsverschiedenheit über einen Handel, eine Beleidigung.«

»Also alles, bloß nichts Ernstes, wie?«, fragte Ines, auf dem Boden hockend, ungewöhnlich scharf.

Erik zuckte die Achseln.

»Wie gesagt, es geht schnell vorüber.«

»Wie wäre es, die Leute mal nach ihrer Meinung zu fragen?«, hakte Ines nach.

»Oh, wir kennen die Meinung der Leute«, sagte Erik. Er drehte das Gas auf und lenkte das Boot weg vom Ufer.

»Warum drehst du ab?«, fragte ich.

»Wir fahren zur Tauchschule, und ich bringe euch mit dem Auto zum Hotel.«

Erik schien besorgt oder verärgert. Da er sich offenkundig weigerte, ehrlich mit uns zu reden, verzichtete ich darauf, weiter nachzubohren. In der Tauchschule wachte er penibel darüber, dass wir unsere geliehene Ausrüstung ordentlich reinigten und zurückgaben. Ich wurde den Verdacht nicht los, es gehe ihm eigentlich darum, Zeit zu gewinnen. Nur wofür?

Mit einem Minibus fuhr er uns zurück zum Hotel, aber nicht, wie sonst, vor das Haus, sondern, um den Tumult zu umgehen, zum Hintereingang. Wir stiegen alle aus und verabschiedeten uns mit einem flüchtigen Winken von den Spaniern und Engländern, die es an die Bar zog. Ines ging ein paar Schritte Richtung Panoramafenster und sah zum Hafen hinaus.

»Nehmt ihr einen Drink mit uns zum Abschluss?«, fragte uns Erik.

»Und dabei sehen wir uns von der Terrasse aus an, wie die Polizei die Leute zusammenprügelt?«, fragte Ines.

»Prügelt irgendjemand?«

»Seht doch!«

Erik und ich stellten uns neben sie. Die Situation draußen war unübersichtlich. Ein Menschenauflauf und ein paar Polizisten, die mit Schlagstöcken herumfuchtelten, aber nicht damit zuschlugen. Vielleicht noch nicht, das mochte sein.

»Ich geh aufs Zimmer«, sagte Ines, als sei dies unter diesen Umständen das einzig halbwegs Vernünftige, was sich tun ließ. Ich murmelte eine Entschuldigung, die Erik mit einem verständnisvollen Lächeln beantwortete, und ging mit Ines hinauf. Unser Fenster erlaubte uns den Blick von oben, und wir erkannten, worum sich die ganze Aufregung drehte. Der Massai in seinem roten Umhang, den wir am ersten Tag gesehen hatten, lag am Straßenrand.

»Ist er tot?«, fragte ich.

»Jedenfalls ist er fürchterlich zugerichtet. Schau seinen Kopf an. Siehst du das? Das Weiße. Ist es das, was ich denke?«

»Ich weiß es nicht. Ich fürchte, ja.«

Es gab überhaupt keinen Zweifel. Das war kein Unfall gewesen, jemand hatte den Mann erschlagen.

Vielleicht lebte er auch noch, aber er schien bewusstlos, und falls es so war, konnte es mit dieser klaffenden Kopfwunde nicht lange dauern, bis er sterben würde. Wer immer das getan hatte, war entweder nicht in der Nähe oder sollte nicht belangt werden, wurde nicht gestellt. Es versuchte auch niemand, dem Massai zu helfen. Die dreißig oder vierzig Männer um ihn herum palaverten und stritten heftig, es war ein großes Geschrei, bis ein olivgrüner Geländewagen heranfuhr, von dem Soldaten in Tarnanzügen mit roten Baretts heruntersprangen, bewaffnet mit Schnellfeuergewehren. Als Letzter stieg der Polizeigeneral aus, langsamer als seine Leute, und allein sein Erscheinen reichte schon aus, um das allgemeine Theater weitgehend zum Verstummen zu bringen. Er schnauzte die Umstehenden an, sie wichen zurück und machten ihm Platz. Er ging zu dem Massai, beugte sich über ihn. Als er sich wieder aufrichtete, zog er etwas aus seiner Brusttasche, so wie man es mit einer Schachtel Zigaretten tut, aber es war etwas anderes.

»Das ist mein Smartphone«, sagte Ines.

Er fotografierte den Massai aus verschiedenen Perspektiven, ging einen Schritt nach links, einen nach rechts und tippte auf den Auslöser, wir konnten es genau sehen.

»Was für ein Arschloch. Er hat meinen Code geknackt. Er kann alle Bilder sehen, die ich gemacht habe. So eine Scheiße.«

»Wenn er sich dafür interessieren würde, wüssten wir das, glaube ich, schon«, sagte ich. Ich weiß nicht, warum ich das sagte. Wahrscheinlich wollte ich sie einfach nur beruhigen. In diesem Augenblick klopfte jemand an unsere Zimmertür.

»Scheiße, Scheiße, Scheiße«, zischte Ines. »Was sollen wir jetzt machen?«

»Ganz einfach an die Tür gehen«, sagte ich. So hatte ich sie noch nie erlebt. Sie blieb stehen, wo sie war, also öffnete ich die Tür, während sie mich anfuhr, ich solle es nicht tun. Vor mir stand ein Mann etwa in meinem Alter, der nicht gewalttätig aussah. Er stellte sich auf Englisch vor, ich verstand seinen Namen nicht, wohl aber, dass er Arzt sei und aus Malindi komme.

»Who sent you?«, fragte ich.

»Mister Erik«, antwortete er. »I am supposed to examine your wife.«

Ich freute mich über Eriks überraschende Aufmerksamkeit, uns einen Arzt zu schicken, Ines sah das anders.

»His wife is perfectly fine, thank you! But come in and look out of the window.«

Er machte abwehrende Handbewegungen, aber Ines ließ nicht locker.

»You know what's going on down there, don't you? Why don't you help this man, he obviously needs your help.«

»I can't help him, Ma'am. I am not supposed to help him. If you are fine, I'll tell Mister Erik. But you have to pay me for my trouble.«

Ich nestelte mit dem Rücken zu ihm einen Zwanzig-

Dollar-Schein aus meinem Geldgürtel. Er wollte das Doppelte und bekam es von mir. Als er weg war, breitete Ines das Moskitonetz aus, das in einem Knoten über dem Bett hing.

»Ich will weg von hier«, sagte sie.

6.

Am nächsten Morgen ging ich gleich nach dem Aufwachen ans Fenster. Den Massai hatten sie fortgeschafft, Blutspuren konnte ich nirgends erkennen. Am Vorabend waren noch lange Palaver und Geschrei zu hören gewesen. Erst gegen Mitternacht hatte sich der Auflauf vollständig aufgelöst und es war ruhig geworden.

Wir frühstückten auf dem vorderen Teil der Terrasse. Von dort aus konnten wir direkt auf die Stelle sehen, wo sich das Geschehen abgespielt hatte. Wie jeden Morgen hielt das Büfett eine überwältigende Auswahl tropischer Früchte bereit. Ein Anblick, der in groteskem Gegensatz zu dem stand, was sich letzte Nacht wenige Meter von hier abgespielt hatte. Ines hatte ihre Meinung nicht geändert.

»Es ist pervers«, sagte sie.

»Was ist pervers?«, fragte ich. Ich wusste, was sie meinte, aber ich wollte, dass sie es aussprach.

»In einem Land wie diesem Urlaub zu machen ist pervers. In einem Hotel zu wohnen, vor dem nachts jemand erschlagen wird, und am nächsten Morgen hier zu sitzen, als wäre nichts passiert, und sein Frühstück zu genießen, das ist pervers.«

»Selbstverständlich. Aber sind wir im Urlaub? Versuchen wir nicht vielmehr, meine Familie wieder zusammenzubringen? Ein Projekt, das, ich glaube, ich darf das sagen, ganz allein deine Idee war? Und was, denkst du, lässt sich von unserer Seite gegen die herrschenden Verhältnisse tun?«

Bevor sie antwortete, kaute sie eine Weile lang schnell und konzentriert und starrte vor sich hin.

»Abreisen«, sagte sie. »Das immerhin könnten wir tun: abreisen.«

»Es war deine Idee herzukommen.«

»Wenn ich gewusst hätte, was uns erwartet, hätte ich es nicht getan.«

»Ich bin dir dankbar dafür.«

»Dankbar? Warum? Du kommst doch überhaupt nicht ran an Erik. Er ist völlig unnahbar, völlig undurchschaubar. Er steckt mit all diesen Leuten unter einer Decke, Männern, genauer gesagt, ist in ihre Geschäfte verwickelt, die vielleicht auch seine sind. Woher willst du denn wissen, dass er sich über deinen Besuch wirklich freut? Dass er wirklich die Beziehung zu dir wieder aufnehmen will?«

»Er ist mein Sohn, und deshalb denke ich, er möchte genauso wie ich, dass wir wieder zueinanderfinden.«

Es wäre gar nicht so ohne Weiteres möglich gewesen, einfach abzureisen. Für diesen Tag war ein Ausflug mit Erik und Mister Jack geplant. Wir hätten uns zumindest von den beiden verabschieden müssen, sie hätten es ohnehin sofort erfahren, wenn wir mit unserem Gepäck in der Lobby gestanden wären und uns um eine Fähre bemüht hätten. Aber nun den Urlaub abzubrechen, das Projekt oder das Ziel aufzugeben, mit Erik wieder zusammenzukommen, erschien mir nicht richtig.

»Was ändern wir denn durch unsere Abreise? Wir geben lediglich das auf, was wir selbst wollen. An den Verhältnissen ändern wir dadurch gar nichts.«

Nicht sofort, aber nach und nach überzeugte sie dieses Argument, und je näher der Zeitpunkt rückte, zu dem wir mit Mister Jack und Erik verabredet waren, desto unwahrscheinlicher wurde unser Aufbruch zur Fähre, nach Malindi, nach Deutschland.

Die Gruppe, die sich für den Ausflug angemeldet hatte, traf sich gegen elf Uhr in der Lobby. Sie war etwas größer als die am Tag davor.

Mister Jack hielt eine kleine Einführung. Er stellte uns eine Kanadierin vor, die Autorin und Model sei und in ihrem Blog über ihren Besuch auf Kiani berichten wolle. Ich fand, sie sah ziemlich mitgenommen aus. Um den Hals trug sie ein Goldkettchen mit Kreuz. Auch ihre Begleiter präsentierte uns Jack, der eine ein zierlicher, junger Kalifornier mit einem Ziegenbart, angeblich ebenfalls ein Model, der andere ein französischer Fotograf, den die beiden gebucht hatten. Zuerst, so Jack, stand der Besuch von Ruinen eines muslimischen Heiligtums aus dem fünfzehnten Jahrhundert in den Mangrovenwäldern auf dem Programm, anschließend ein großes Essen in der Boko-Boko-Bar, das die Kulisse für ein Fotoshooting für den Blog abgeben sollte.

Wir brachen zur Anlegestelle auf, wo wieder einer dieser schmalen, langen Kähne mit Außenborder auf uns wartete. Nach einigem Hin und Her fanden alle einen Platz. Mister Jack übernahm die Pinne und winkte mich neben sich. Beim Losfahren erläuterte er sehr ausführlich, wie genau man über die Untiefen in diesen Gewässern Bescheid wissen müsse. Meinen Anläufen, Näheres über die Geschehnisse am Vorabend zu erfahren, wich er aus.

Während sich auf diese Weise unser Gespräch etwas zäh gestaltete, bemerkte ich, dass sich Ines und Erik, die sich weiter vorne gegenübersaßen, angeregt unterhielten, wobei sich ihre Knie hin und wieder berührten. Ich konnte nicht hören, worüber sie sprachen. Zu Beginn war Ines' Miene ernst und vorwurfsvoll, später entspannte sie sich, hellte sich auf, und bald scherzten die beiden miteinander. Ich lernte, dass man eifersüchtig auf seinen Sohn sein konnte. Ich befand mich noch immer in einem fortwährenden Alarmzustand, wohingegen er sich in dieser Umgebung ganz offensichtlich wohlfühlte, sie als normal empfand. Das übertrug sich schnell auf Ines. In diesem Augenblick jedenfalls schien der tote Massai schon fast vergessen.

»Die beiden verstehen sich ganz gut, nicht wahr?«, sagte Mister Jack. Es war wohl nicht allzu schwer zu erraten, was mich gerade beschäftigte.

»Ja, man könnte direkt eifersüchtig werden, finden Sie nicht auch?«, antwortete ich.

»Ich glaube, dazu besteht kein Grund. Erik hat mir viel über Sie erzählt. Im Übrigen: Wäre es nicht unkomplizierter, wenn wir uns duzen? Ich heiße Jack«, sagte er und streckte mir die Hand entgegen. Eigentlich nicht, dachte ich, eigentlich möchte ich ihm nicht die Hand schütteln, möchte nicht mit ihm per Du sein, aber konnte ich ablehnen? Nein, das konnte ich nicht.

»Hartmut«, sagte ich und schlug ein. Er langte übertrieben kräftig zu.

Jetzt, da wir uns so freundschaftlich nähergekommen waren, glaubte er auch, privater werden zu dürfen.

»War für dich wahrscheinlich auch nicht leicht, mit der Scheidung und so. Aber die Kleine war's auf alle Fälle wert«, sagte er.

Sein Ton war widerlich, aber ich fand in diesem Moment nicht die richtigen Worte, mich dagegen zu wehren. Immerhin bemerkte er es.

»'tschuldige, wenn ich so direkt bin. Ist meine Art. Schau, ich habe zweimal geheiratet, aber es hat zweimal nicht gehalten. Beide Male lag es an mir. Es gibt einfach zu viele schöne junge Dinger, stimmt's?« Er gab mir einen Klaps auf die Schulter. »Und die Frauen hier erst. Mein lieber Mann, du machst dir keine Vorstellung.«

Ich unterbrach ihn.

»Ehrlich gesagt, ist das gerade ganz und gar nicht mein Thema.«

»Klar, verstehe. Du musst ja dein ganzes Leben neu in den Griff kriegen. Uns Männern wird da nicht viel Verständnis entgegengebracht. Schon gar nicht, wenn wir unsere Frauen haben sitzen lassen. Aber es ist doch nicht so einfach, wie manche es sich vielleicht vorstellen. Die sitzen gelassenen Frauen vor allem. Wie heißt deine?«

»Carla.«

»Carla. Meine erste hieß Cora. Ganz ähnlich. Witzig! Wir hatten – das heißt, wir haben zwei Kinder. Sind heute natürlich beide erwachsen und über alle Berge. Sie mögen ihren Vater nicht besonders.«

So, wie er über sie sprach, wunderte mich das nicht. Sollte ich ihm erklären, dass es in meinem Fall anders war? Außerdem wusste ich gar nicht, ob Carla und meine Kinder mich mochten. Nur, dass sie mir immer noch viel bedeuteten, das wusste ich. Ich litt unter der Trennung, auch wenn ich sie selbst herbeigeführt hatte. Es erschien mir sogar so, dass ich erst jetzt begriff, was ich an ihnen hatte. Mitleid konnte ich für diese Erkenntnis wohl von niemandem erwarten, und was ging das alles diesen sogenannten Mister Jack an, mit dem ich in einem motorisierten Kahn durch Mangrovenwälder an der kenianischen Küste fuhr?

Nachdem es über die Frauen nichts mehr weiter zu sagen gab, unternahm Jack einen neuen Anlauf.

»Dein Sohn ist ein erstklassiger Geschäftsmann. Das hat er von dir, nehme ich an.«

Ich sah mich selbst nicht als Geschäftsmann. Ich hatte beruflichen Erfolg gehabt, ja, aber nicht, weil ich Geschäfte gemacht hatte. Jedenfalls bezweifelte ich, dass Mister Jack und ich uns das Gleiche darunter vorstellten. Ich war ein Experte auf meinem Gebiet. Ich löste komplizierte Probleme, die nur wenige überhaupt verstanden und noch weniger in den Griff bekamen, und dafür ließ ich mich sehr gut bezahlen. Das war etwas anderes, als Geschäfte zu machen, zumal das Wort »Geschäft«, wenn Mister Jack es aussprach, klang wie ein Synonym für Betrug.

»Erik hat mir erzählt, dass du Ärger mit der Steuerfahndung hast.«

Ich konnte nicht glauben, dass Erik das wusste und es diesem Mann weitererzählt hatte. Doch wenn ich einen Moment länger darüber nachdachte, lag es auf der Hand. Carla nutzte jede Gelegenheit, schlecht über mich zu reden, besonders gern mit unseren Kindern, und Erik wiederum wusste, dass er sich mit einer Bemerkung darüber bei Mister Jack ein bisschen interessant machen konnte. Ich versuchte, so wenig überrascht wie möglich zu wirken.

»Das stimmt, aber es ist ein völlig haltloser Vorwurf. Erhoben von einer Staatsanwältin, die den Sachverhalt, um den es geht, überhaupt nicht versteht.«

Er nickte nachdenklich.

»Ja, ganz genauso war das bei mir auch, damals.«

Mister Jack war ein verurteilter Straftäter, der gezielt Steuern in Millionenhöhe hinterzogen hatte, und er glaubte nun, in mir seinesgleichen gefunden zu haben, einen Bruder im Geiste, einen Wirtschaftsverbrecher wie er. Es war kaum zu glauben. Noch mehr irritierte mich allerdings der Gedanke, er könnte damit richtigliegen. War ich es, der sich ein Urteil darüber erlauben konnte?

Wir fuhren jetzt in dichter bewaldete Teile des Gewässers.

»Wir sind bald da«, sagte Mister Jack. Sein Blick schweifte am Uferrand entlang, als suchte er etwas. Nachdem er sicher war, damit meine Aufmerksamkeit erregt zu haben, sagte er:

»Wir fahren durch Stammesgebiet. Wir stehen unter Beobachtung. Die ganze Zeit schon.«

Sosehr ich auch versuchte, am Ufer irgendein Anzeichen dafür zu entdecken, es gelang mir nicht.

»Gib dir keine Mühe. Man braucht viel Erfahrung, um sie zu sehen. Ich sehe sie auch nicht wirklich. Ich spüre sie.«

Egal, was der Mann von sich gab, ich hatte bei ihm immer das Gefühl, er lüge.

»Was denkst du? Kommt ein Haus in Kiani Village für dich infrage?«, wollte er unvermittelt wissen. Ich fand den Zeitpunkt kurios, aber mir war klar gewesen, er würde mir diese Frage früher oder später stellen. Er wusste, ich besaß genügend Geld. Es war zu spüren, wie ihn der Gedanke erregte, es in die Finger zu kriegen.

»Es sind schöne Häuser, bestimmt. Aber ich glaube, Ines hätte keine Freude daran.«

Er lächelte, beinahe genießerisch.

»Ist es sie, die das entscheidet? Außerdem, wer sagt, dass sie ihre Meinung nicht ändert? Frauen ändern ihre Meinungen doch dauernd.«

Ich zuckte die Achseln. Wenn ich mir etwas gar nicht vorstellen konnte, dann Ines in einem dieser Häuser.

Das Sumpfboot tuckerte gleichmäßig vor sich hin. Weiterhin versuchte ich, am Ufer auch nur die geringsten Hinweise auf menschliches Leben zu entdecken, und blieb dabei erfolglos. Was sich hinter dem Gestrüpp dieser unzähligen ins Wasser ragenden Arme verbarg, blieb zumindest mir rätselhaft.

»Wir sind da«, sagte Jack irgendwann.

Keine Ahnung, woran er das erkannte. Er lenkte den Kahn näher ans Ufer. Wir durchfuhren eine Passage hoher, dicht stehender Bäume, hinter der sich eine kleine Bucht auftat. Vom Land aus ragte ein löchriger Steg in sie hinein, gerade breit genug für eine Person. Nacheinander stiegen wir aus und sammelten uns davor. Keine Häuser oder sonstigen Bauten, auch keine Menschen schienen in der Nähe. Als Mister Jack das Boot festmachte, tauchte mehr oder weniger aus dem Nichts ein Junge auf, vielleicht dreizehn, vierzehn Jahre alt. Er konnte nur aus dem Dickicht gekommen sein. Ohne zu grüßen, ohne jemanden anzusehen, schwang er einen Arm in die Luft: Wir sollten zusammenbleiben und ihm folgen. Ines und ich taten uns für einen Augenblick zusammen, gingen ein paar Schritte nebeneinander.

»Alles okay bei dir?«, fragte ich sie.

»Ja, und bei dir?«

»Mister Jack versucht mir eines seiner Häuser aufzuschwatzen. Erik assistiert ihm dabei kräftig. Hat er dich schon so weit?«

»Einen wirklich tollen Sohn hast du«, antwortete sie.

Ich wusste nicht, wie ich das verstehen sollte.

»Fällt dir schwer, einfach Ja zu sagen, stimmt's? Erik hat mir eine Menge über dich erzählt. Wie du so warst, als Vater. Das war sehr interessant. Wie sein Leben hier jetzt aussieht. Ich glaube, er ist sehr glücklich, so wie er hier lebt.«

»Heute Morgen wolltest du noch abreisen. Jetzt scheinst du dich prächtig zu amüsieren. Woher dieser Sinneswandel?«

»Du hattest recht. Ich war diejenige, die dich hierher gebracht hat. Wenn wir nicht auf halbem Weg stehen bleiben wollen, müssen wir uns auf die Dinge einlassen, wie sie hier sind. Wenn wir jetzt abreisen, wäre alles umsonst gewesen.«

»Hat das Erik zu dir gesagt?«

»Er hat mir gesagt, wie sehr er sich freut, dass wir da sind. Dass du da bist.«

»Warum sagt er mir das nicht selbst?«

»Sprichst du denn so mit ihm?«

Nein, natürlich nicht. So hatten wir noch nie miteinander gesprochen. Ich wäre ihm damit auf die Nerven gegangen. Er wollte nichts darüber hören, wie ich mich fühlte oder wie ich unsere Beziehung einschätzte. Er hasste Probleme. Er hatte sich dafür entschieden, sein Leben so zu sehen: Es gab *Situationen*, in denen man sich befand, Probleme gab es nicht. Er an meiner Stelle hätte keinen Augenblick gezögert, sein Leben in Deutschland aufzugeben und sich hier niederzulassen, mit genügend Geld, um künftig ohne jede ernsthafte Verpflichtung zu existieren.

»Ich glaube, es ist gut, wenn ich mich noch mehr mit Erik beschäftigte. Mein Gefühl ist, er öffnet sich gerade.«

»Dir vielleicht.«

»Ja, und irgendwann auch dir, da bin ich sicher. Wir sollten uns allen etwas Zeit geben.«

Als habe sie den Fortgang unserer Mission hinreichend mit mir abgesprochen, griff sie nach meiner Hand, drückte sie und kehrte zu Erik zurück. Ich ging als Erster unserer Gruppe hinter dem schweigsamen einheimischen Jungen her und versuchte, so geschickt und lautlos durch die Büsche zu streifen wie er, was mir mal mehr, mal weniger gut gelang. In der Tat, dachte ich, Ines und Erik scheinen sich gut zu verstehen. Spätestens in diesem Augenblick betrachtete ich das mit gemischten Gefühlen. War es möglich, dass sie dabei waren, sich ineinander zu verlieben? Natürlich war das möglich. War es wahrscheinlich? Ich war mit ziemlicher Bestimmtheit der Mensch auf der Welt, der das am schlechtesten beurteilen konnte. Wo war eigentlich Imani abgeblieben? Was verband Erik überhaupt mit ihr? Aber schnell kehrten meine Gedanken zu Ines zurück: Am Morgen dieses Tages hatte sie abreisen wollen. Was hatte Erik mit ihr angestellt, dass sie nun plötzlich ganz anders über die Sache dachte? Was mich betraf, so konnte ich sagen, dass meine Beziehung zu Ines auf echter Zuneigung beruhte. Als ich sie zum ersten Mal gesehen hatte, war ich geradezu bestürzt über ihre Schönheit, ihre Jugend, ihre Intelligenz. Ich war, auch das gebe ich zu, überwältigt von der Aussicht, für sie infrage zu kommen. Als Gleichaltriger, da musste ich Mister Jack recht geben, wäre ich niemals bei ihr gelandet. Als ich sie kennenlernte, hatte ich immer eine gewisse Scheu, sie nach ihrem Liebesleben vor mir zu fragen. Verliebte tun dies eigentlich immer, weil sie gerne hören wollen, sie selbst stellten so etwas wie den krönenden Abschluss oder zumindest einen einstweiligen Höhepunkt dar. Vor mir war Ines nur mit Gleichaltrigen zusammen gewesen. Wenn sie von dieser Zeit, dem Studium, ihren Reisen, erzählte, klang es in meinen Ohren, als sprächen meine Kinder zu mir. Ich hörte es deshalb nur sehr ungern, vermied solche Gespräche. Sie hingegen interessierte sich für alle Details meiner gescheiterten Ehe, analysierte sie, sprach bewundernd, ja solidarisch über Carla, ganz so, als hätte all das in einem anderen Leben als meinem stattgefunden, als erzählte ich von jemand anderem. Verständnisvoll und zugewandt äußerte sie sich über die Entwicklung unserer Kinder. Sie tröstete mich wegen meines schlechten Gewissens. »Wenn der Trennungsschmerz vorüber ist, ist es für alle eine neue Chance, auch für die Kinder, meinst du nicht?« Ja, das war es, was man sich einzureden versuchte. Warum entschied sich eine so junge Frau für einen so viel älteren Mann? Direkt oder indirekt war Ines immer wieder mit dieser Frage konfrontiert und sie sagte, sie nehme mich gar nicht als so viel älter wahr. Ist es ungerecht zu behaupten, dass ihr gut gefiel, was ich alles zu bieten hatte? Geld, Status, Immobilien, eine tolle Wohnung und, nicht zuletzt, aufwendige Reisen. Seltsamerweise wurde ich nie gefragt, warum ich mich für sie entschieden hatte. Meine niederen Beweggründe waren selbsterklärend, sie bedurften keiner Erläuterung. In den guten Momenten ließ mich der Anblick ihrer Jugend mein Alter vergessen. In den schlechten führte er es mir auf besonders eindringliche Weise vor Augen, meinen Schwabbelbauch und mein Siebzigerjahre-Gebiss. Meinen lichten Haaransatz und mein wildes, unrasiertes Schamhaar. War unsere Beziehung also nichts weiter als ein Deal? Jeder von uns besaß etwas im Überfluss und entbehrte etwas anderes. Status und Geld gegen Jugend und Schönheit? Wir hätten uns sicher beide aufrichtig über jeden entrüstet, der es gewagt hätte, uns so zu beschreiben. Beide waren wir der Überzeugung, ehrlich und leidenschaftlich ineinander verliebt zu sein. Jedenfalls war es das, was wir einander oft und gerne beteuerten. Und doch, wer konnte mit letzter Gewissheit behaupten, unsere Gefühle seien nicht geleitet von dem, was wir am meisten entbehrten? Warum betonte Ines sonst bei jeder Gelegenheit, Geld und Status seien ihr nicht wichtig, während ich versuchte, jeden Anstrich bemühter Jugendlichkeit zu vermeiden, andererseits aber bloß kein Aufheben von meinem fortgeschrittenen Alter zu machen?

Eine Weile blieb Mister Jack taktvoll hinter mir, er bemerkte wohl, dass ich in schwere Gedanken versunken war, dann schloss er zu mir auf.

»Der Mann an sich ist eben so veranlagt«, sagte er.

Es war klar, dass er sich einmischen würde.

»Wie ist er denn veranlagt?«

»Es ist der Jagdtrieb. Je älter wir werden, desto erfahrener sind wir. Diese Erfahrung strahlt Würde und Stärke aus. Das beeindruckt besonders junge Frauen. Deshalb sind wir bei ihnen so erfolgreich.«

Ich konnte mir ein Grinsen nicht verkneifen und sah ihn prüfend an. Er meinte vollkommen ernst, was er sagte, und hatte gar keinen Sinn dafür, wie lächerlich es mir vorkam.

Aber ich widersprach ihm nicht. Mister Jack war plötzlich mein natürlicher Verbündeter. Es hatte keinen Sinn, unsere Gemeinsamkeiten länger zu leugnen: Wir waren alt, reich und in Schwierigkeiten.

»Die Frauen werden im Lauf der Zeit immer komplizierter. Wenn sie keine Kinder bekommen, geht es früher los. Wenn sie Kinder bekommen, dauert es bis Ende vierzig. Die Kinder verlassen das Haus, wir sind auf dem Höhepunkt unserer Karrieren, und sie müssen begreifen, dass sie im Aus gelandet sind. Und während sie dies tun, bemerken wir, dass sich uns ganz neue Möglichkeiten eröffnen. Auch in sexueller Hinsicht. Plötzlich interessieren sich Frauen für uns, bei denen wir früher nicht den Hauch einer Chance gehabt hätten. Es ist das erfolgreiche Männchen, das sich durchsetzt.«

Sollte meine Ehe mit Carla und ihr Ende so zutreffend dargestellt sein? War »erfolgreiches Männchen«, selbst als Kompliment gemeint, wirklich die angemessene Beschreibung meiner Person?

»Als Carla und ich nach der Scheidung den Gerichtssaal verließen, hätte ich gerne mit ihr geschlafen. Wären unsere Anwälte nicht dabei gewesen, hätten wir das vielleicht auch getan.«

»Ja, sicher. Auch ich liebe die Mutter meiner Kinder. Ich habe sie immer geliebt.« Mister Jack breitete theatralisch die Arme aus. »Aber ich bin ein Kind der Freiheit.«

Und ein ziemlicher Idiot, dachte ich.

»Dein Sohn liebt die Freiheit genauso wie ich. Ich glaube, du musst dich erst noch daran gewöhnen. Aber bald wirst du sehen, dass die Vorzüge deines neuen Lebens die deines alten bei Weitem überwiegen.«

Wir erreichten die Tempelanlage. Es waren zwei kaum mannshohe kubische Steinruinen, halb verborgen hinter Lianen, Schlingpflanzen und Gestrüpp.

Der Junge, der uns hergebracht hatte, wusste nur, dass sie aus dem fünfzehnten Jahrhundert stammte. Das war es jedenfalls, was er einige Male wiederholte, »Fifteenth century, fifteenth century«.

Ich fragte mich, welche Vorstellung er mit dieser Angabe verband und ob sie vielleicht weniger ahnungslos war als meine.

»Muslim?«, fragte ich ihn. Ich meinte den Tempel. Er machte erschrocken abwehrende Handbewegungen. Es sollte nicht heißen, er sei kein Muslim. Es sollte heißen, meine Frage berühre ein Tabu. Ich machte eine beschwichtigende Geste und betrachtete etwas ratlos die unzugängliche Tempelruine. Es wurden Fotos gemacht, und bald war es nach allgemeiner Meinung Zeit umzukehren. Auch auf dem Rückweg waren wir auf die Führung des Jungen angewiesen. Es war zwar nicht weit, aber in der dichten Vegetation war es schwierig, die Route einzuhalten. Wir machten aber einen Umweg, denn wir kamen auf eine Lichtung, die uns auf dem Hinweg verborgen geblieben war. Der Junge brachte uns nun in sein Dorf, vielleicht damit wir seinen Bewohnern etwas abkauften, etwas Geld daließen. Aber sie empfingen uns mit stummer Neugier. Nicht unfreundlich, aber auch keineswegs mit strahlender Geschäftstüchtigkeit. Niemand suchte den Kontakt zu uns. Nur ein paar Kinder kamen und vergewisserten sich bei unserem Führer, ob sie in der Nähe bleiben durften.

»Wovon leben die Leute hier?«

Mister Jack zuckte die Achseln.

»Sie jagen, sie betteln, sie stehlen. Manchen gelingt es, Vieh zu halten. Sie sind arm. Aber es hungert niemand. Das Essen wächst buchstäblich an den Bäumen.«

Diesen grimmigen Zynismus kannte ich nun schon ganz gut. Mister Jack brachte ihn immer zum Einsatz, wenn er über Unabänderlichkeiten sprach, gleich, ob sie Ehefrauen oder Afrikaner betrafen.

Da wir die Kinder nicht verscheuchten, liefen sie neben uns her, und es kamen immer mehr dazu. Wir gingen an einer ärmlichen Moschee vorüber. Der Imam stand davor und wies zwei alte, am Boden sitzende, vermummte Frauen an, uns Gebäck anzubieten. Aus Angst vor Krankheiten lehnten wir ab und schämten uns für unsere Unhöflichkeit. Die Kinder wollten wissen, woher wir kamen. »Germany«, »England«, »France«, »America«, »Canada«, antworteten wir.

Irgendwann setzten wir unseren Weg fort zur Anlegestelle, eine kleine Anhöhe hinauf, und immer mehr Kinder versammelten sich hinter uns und riefen und schrien. Ich konnte nicht verstehen, was, aber es klang nicht unfreundlich, eher so, als würden sie jemanden anfeuern. »Go-ba-ne! Go-ba-ne! Go-ba-ne!«, glaubte ich herauszuhören. Oben angekommen, drehten wir uns um. Es waren jetzt dreißig oder vierzig kleine Kinder, keines älter als zehn. Sie trugen die roten Kleider der Koranschüler und skandierten jetzt deutlich wie von einem Dirigenten geleitet ihren Ruf. Ich stand da, benommen von der Äquatorsonne, und fühlte mich völlig ausgeliefert. Noch vor wenigen Tagen hatte ich geglaubt, einer Welt anzugehören, die aus einfachen Tatsachen bestand. Sie waren vielleicht nicht immer erfreulich, aber doch eindeutig genug, um sie bewerten zu können. Ich hätte nicht sagen können warum, aber dieser Glaube war dabei, sich aufzulösen. Ich hatte keine Ahnung, was eigentlich gerade vor sich ging. Es gab keine sichtbare, konkrete Bedrohung, als wir auf diesem Hügel standen, und doch fühlte es sich gefährlich an, so als wäre es durchaus wahrscheinlich, im nächsten Moment angegriffen, vielleicht sogar getötet zu werden.

Mister Jack, der schon im Boot stand, winkte uns mit großer Dringlichkeit heran. Als wir losfuhren, den Weg zurück, liefen die Kinder am Ufer entlang neben uns her. Zuerst riefen sie wieder »Go-ba-ne, Go-bane«, nach und nach aber auch etwas anderes, das ich nicht verstand. Es waren Beschimpfungen und Spott, daran gab es jetzt keinen Zweifel mehr. Dies wäre der Moment, dachte ich, in dem jemand, der es von Anfang an vorgehabt hatte, das Feuer auf uns eröffnen konnte. Wir wären vollkommen wehrlos gewesen. Einfache Ziele, zusammengepfercht auf unserem gemächlich vor sich hin tuckernden Sumpfboot.

7.

Wir erreichten eine Biegung, hinter der uns die Kinder nicht weiter verfolgen konnten. Eine Weile noch hörten wir ihre Rufe, dann nicht mehr, wir waren ihnen entkommen. Es war nichts weiter als eine kleine Horde von Dorfkindern gewesen, die sich wahrscheinlich nur einen Spaß gemacht hatten, und doch machte sich Erleichterung unter uns breit, als wäre uns eine Flucht gelungen, wenn wir uns auch geschämt hätten, es zuzugeben.

»That was quite an adventure, thanks, Mister Jack«, sagte die Kanadierin. Ich war mir nicht sicher, ob es ironisch gemeint war. Jedenfalls bekam sie viel Zustimmung für ihre Bemerkung. Es war ein kleines Abenteuer, von dem man gut zu Hause berichten konnte.

»Does anyone know who or what Gobane is?«, fragte ich in die Runde. Ich konnte sehen, wie Erik Mister Jack einen Blick zuwarf, als hätten sie das befürchtet.

»Gobane? Why Gobane?«, antwortete Erik.

»That was what they chanted«, beharrte ich.

»Oh, I didn't get that.«

Der Imam, ein Häuptling, der Bürgermeister, ein Fußballspieler waren die Ergebnisse des sich anschließenden Ratespiels, das niemand ernst nahm.

»Nichts, worüber wir uns den Kopf zerbrechen müssten«, war Mister Jacks Resümee, mit dem er ganz offensichtlich zufrieden war.

Wir steuerten die Boko-Boko-Bar an, und als wir am frühen Nachmittag dort ankamen, war die allgemeine Meinung, wir hätten uns Drinks verdient.

Für das Fotoshooting war am Strand, etwa knöcheltief im Wasser, ein Tisch aus dunklem Holz mit weißer Tischwäsche, langstieligen Weingläsern und Silberbesteck eingedeckt worden. Ein Champagnerkübel stand bereit. Während Mister Jack eine Flasche entkorkte, bemerkte er, »seine Leute« hätten das gemacht, ließ, barfuß im Wasser stehend, den Korken knallen und goss Champagner in die Gläser, die Suleiman aus der Bar geholt hatte. Zunächst, so erklärte Mister Jack, hätten nur die Künstler Zutritt zur Tafel, Zoe, das kanadische Model, Brett, der junge Kalifornier, und Michel, der französische Fotograf. Letzterer machte großes Gewese darum, wer wo zu stehen oder zu sitzen hatte, und nützte jede Gelegenheit, Zoe sanft zu berühren, während er versuchte, sie möglichst vorteilhaft in Szene zu setzen. Irgendwann wurde er auf Ines aufmerksam, die ihnen interessiert zusah, und lud sie zu einer Rolle als Statistin ein, natürlich nicht, ohne auch sie sehr einfühlsam zu dirigieren. Erik und ich suchten uns einen freien Tisch in der Boko-Boko-

Bar und beobachteten das Shooting aus der Ferne. Erik bestellte uns Gin Tonics, Suleiman brachte sie uns.

»Ganz schön albern, nicht?«, sagte ich.

Erik zuckte die Achseln.

»Ich finde, es ist eine nette Abwechslung.«

Ich wiederum fand, es war nun an der Zeit, eine ernsthafte Unterhaltung zu führen. Ines und ich waren Tausende von Kilometern gereist und setzten uns tagtäglich den Gefahren von tödlichen Krankheiten, von Willkür und Gewalt aus, einzig und allein, um ihm, meinem ältesten Sohn, vielleicht ein bisschen näherzukommen. Ein Wunsch, dem er nur mäßiges Interesse entgegenzubringen schien. Einerseits. Andererseits ging er ja Treffen mit uns nicht aus dem Weg, ganz im Gegenteil. All die Aktivitäten, die er für uns organisierte, hatten doch eindeutig das Ziel, uns zu beeindrucken, und nicht etwa, uns wieder loszuwerden. Also entschloss ich mich, ganz unvermittelt anzusprechen, was uns, soweit ich es beurteilen konnte, auseinandergebracht hatte.

»Du nimmst es mir übel, dass ich dir das Geld nicht gegeben habe, oder?«

Er sah mich prüfend an. Sein Blick verriet mir, auch er war der Meinung, wir seien nun beim Wesentlichen angelangt.

»Schwamm drüber. Es ist, wie es ist. Ich habe ja bekommen, was ich wollte.«

»Das stimmt. Aber ziemlich wenig Bar für so viel Geld, findest du nicht?«

»Du wärest nicht du, wenn du etwas anderes sagen würdest.«

»Deine Mutter hatte dazu ja offensichtlich eine andere Meinung. War sie schon mal hier?«

»Ja, war sie.«

»Und, was hat sie gesagt?«

»Sie hat gesagt: Du siehst so aus, als wärest du glücklich.«

»Ja, die Klugheit der Frauen. Während die Mutter mit dem Herzen sieht, denkt der Vater nur daran, seine Kohle zusammenzuhalten.«

Erik lächelte. »Ist es nicht so? Oder übersehe ich etwas?«, fragte er.

»Vielleicht schon: Ich bin hier.«

Erik nickte.

»Das stimmt«, sagte er. Er hielt mir sein Glas hin, und wir stießen an.

»Aber sag mal, es interessiert mich einfach. Fünfzigtausend für diese Bar?« Ich wusste, ich war auf einer Fährte.

»Ja, aber nicht nur das. Ich habe mich damit praktisch in sein Netzwerk eingekauft.«

»In Mister Jacks Netzwerk?«

»Ja.«

»Und das heißt?«

»Das heißt viele Dinge. Es heißt: Ich gehöre dazu. Je nachdem, was ansteht. Es ergeben sich viele Geschäfte. Ganz unterschiedlich. Ich bin loyal zu ihm, und er ist loyal zu mir.«

Es gefiel mir überhaupt nicht, das zu hören, und

dabei tat es mir wirklich nicht um das Geld leid. Ich fragte mich, wie es sein konnte, dass Erik keinerlei Gespür dafür hatte, übervorteilt zu werden. Aber vielleicht hatte ja auch seine Mutter recht, und ich war derjenige, der etwas ganz Entscheidendes übersah. Ich wollte die Unterhaltung in diese Richtung lenken.

»Deine Mutter hat also das Gefühl, du bist glücklich.«

»So hat sie das gesagt, ja.«

»Waren deine Geschwister auch schon mal da?«

»Nein, noch nicht, aber sie reden davon zu kommen.«

»Hast du Kontakt zu ihnen?«

»Ja, klar, wir mailen.«

»Beneiden sie dich?«

»Beneiden? Ich weiß nicht. Sie machen ja beide ihr eigenes Ding.«

»Glaubst du, sie sind sauer, dass du von deiner Mutter so viel Geld bekommen hast und, wie ich annehme, sie nicht?«

»Keine Ahnung. Frag sie doch am besten selber. Ich glaube, sie finden es okay so, wie es ist.«

Die Phalanx der verlassenen Familie. Auch an dieser Stelle war sie nicht zu durchbrechen. Wir schwiegen eine Weile.

Frag sie am besten selber. Damit traf er genau den wunden Punkt. Nicht, dass dazu besonderer Scharfsinn nötig gewesen wäre. Erik wusste, so wie ihn hatte ich sie alle verloren. Doch mit ihm saß ich immerhin hier und blickte auf die Bucht zwischen Insel und Festland, die silberne Wasseroberfläche, die Dhaus mit ihren dreieckigen Segeln und das unsinnige Fotoshooting.

»Ich habe deine Mutter geliebt«, sagte ich. »Und dich und deine Geschwister auch. Ich liebe euch immer noch. Wenn ich dir erklären sollte, warum alles so gekommen ist, ich könnte es nicht. Ich stelle mir immer vor, es gäbe jenseits der Vergangenheit einen Punkt, von dem aus ein Neuanfang möglich wäre.«

Erik sah mit einem unwilligen Gesichtsausdruck auf sein Glas.

»Steh doch einfach zu dem, wie es jetzt ist. Du warst doch eigentlich immer der Hauptakteur in der ganzen Geschichte, und alle anderen haben versucht, damit klarzukommen. Das sind sie auch, soweit ich das beurteilen kann. Sogar Mama. Und was mich betrifft: Mach dir keine Sorgen.«

War es das, was ich tat? Sorgte ich mich um ihn? Ich fürchtete, meine Motive waren weniger edel. Das Wort »Vergebung« kam mir in den Sinn. Ich suchte sie bei ihm, obwohl er sie mir, das wusste ich, am wenigsten zu gewähren geneigt war. Carla musste ich nicht fragen. Michael und Stefanie hatten sich auf stille Weise von mir abgekehrt, waren auf Distanz gegangen. Mit Erik hatte ich immerhin noch einen Konflikt, so hoffte ich wenigstens. Wo ein Konflikt war, konnte es noch eine Lösung geben.

Meine Gefühle für Erik oszillierten auf merkwürdige Weise zwischen Zärtlichkeit und Aggression. Beides wollte ich mir nicht anmerken lassen. Ich hatte den Wunsch, mit ihm über Carla zu reden, aber ich wusste nicht, was ich, außer Rechtfertigungen und Entschuldigungen, hätte äußern können. Ich wollte Näheres über Imani erfahren, aber er wiegelte ab, sie kannten sich erst seit so kurzer Zeit, er wisse nicht, ob daraus etwas Ernstes werde oder nicht. Normalerweise ergäben sich hier Beziehungen dieser Art so schnell, wie sie sich wieder lösten. Meist ohne Drama und in gegenseitigem Einvernehmen. Die Leute kämen und gingen, die Fluktuation sei hoch, niemand komme hierher in der Hoffnung, der Liebe seines Lebens zu begegnen, alle jedoch, um auf eine Art Spaß zu haben, wie uns das in unserem strengen, ernsten Europa fremd sei. Da war sie wieder, diese merkwürdige Aussteigerarroganz, die mich – buchstäblich – auf die Palme brachte.

Ich beschloss, das Thema zu wechseln. Wenn ich es richtig anstellte, hatten wir noch einige gemeinsame Tage vor uns, in denen wir vielleicht neues Vertrauen zueinander entwickeln konnten.

»Würdest du etwas daran verdienen, wenn ich eines dieser Häuser kaufte?«

Er lächelte ein schmales Lächeln, so als habe er meine Gedanken gelesen.

»Ines hat gesagt, sie wäre lieber tot, als in so einem Haus zu leben.«

»Sie könnte ihre Meinung ändern. Hängt davon ab, wie wohl sie sich hier fühlt.«

»Hättest du denn Interesse?«

»Um ehrlich zu sein: Ich habe keine Vorstellung davon, wie Leute beschaffen sein müssen, die sich so was kaufen.«

»Das kann ich dir zeigen. Siehst du den Tisch dahinten links? Dreh dich vielleicht nicht allzu auffällig um.«

Ich musste mich nicht umdrehen, um zu wissen, welchen Tisch er meinte.

»Ich weiß, wen du meinst. Und was sind das für Leute?«

»In gewisser Weise sind sie dir gar nicht so unähnlich. Sie haben genügend Geld und viel Zeit. Und sie wollten ihrem Leben eine neue Richtung geben. In Kiani Village haben sie die Basis dafür geschaffen. Soll ich dich mit ihnen bekannt machen?«

Noch ehe ich ablehnen konnte, war er schon aufgesprungen, ein spitzbübisches Lächeln im Gesicht, die Idee gefiel ihm offensichtlich.

»Komm! Komm mit!«

Er ging voraus, winkte den Leuten an dem Tisch hinten links zu und wurde von ihnen mit einem freudigen Hallo empfangen. Er schüttelte jedem Einzelnen von ihnen die Hand.

»Ich darf euch meinen Vater vorstellen. Er ist gerade mit seiner Freundin hier zu Besuch, um sich anzusehen, wie ich so lebe. Ich habe ihm von euch erzählt, und da ist er neugierig geworden, denn vielleicht interessiert er sich für eines der Häuser in Kiani Village, die noch zu haben sind.«

Die letzte Bemerkung löste ein weiteres, noch freudigeres Hallo aus.

»Schau, Papa, das ist Minka, sie ist Malerin, das ist Erwin aus Linz, er interessiert sich für Reptilien, das ist Ralf, der früher auf der MS *Völkerfreundschaft* Steward war, das ist Frank, der Immobilienmakler, und das ist Thomas. Er hat mal Autos gebaut.«

»Hallo, und ich bin Hartmut, der Rechtsanwalt.«

Es gab ein kleines Gelächter, und sie boten mir einen Platz an ihrem Tisch an. Suleiman trug uns unsere Drinks hinterher, Erik setzte sich aber nicht dazu.

»Mister Jack muss los, der Generator ist ausgefallen. Er besorgt einen neuen, und ich helfe ihm dabei«, sagte er.

»Und bis dahin?«, fragte ich.

»Habt ihr ein Notstromaggregat für ein paar Stunden.«

»Gut, dann komme ich mit.«

Ich machte Anstalten aufzustehen.

»Bleib! Bleib doch sitzen«, sagte Erik. »Das Boot ist ohnehin fast voll. Jack besorgt einen Generator, die Modeltruppe muss zum Flughafen, und ich habe Ines gefragt, ob sie mir bei den Vorbereitungen für die Party hilft. Sie hat Ja gesagt. Warum bleibst du nicht einfach mit den anderen hier, genießt den Sonnenuntergang und ein paar Gin Tonics und lässt die Atmosphäre auf dich wirken?«

Ich war ein wenig überrascht von der Geschwindigkeit, mit der sich all diese Dinge ergeben hatten, fast so, als habe Erik von Anfang an vorgehabt, mich mit diesen Leuten hier sitzen zu lassen.

»Wie lange dauert das denn alles?«, fragte ich ihn.

»Nicht lange. Ein, zwei Stunden vielleicht. African time.«

African time, das hatte ich schon gelernt, hieß »ohne Gewähr«.

Aber warum nicht. Es war genug zu essen und zu trinken da für ein paar Stunden. Die Leute, die uns am Begrüßungsabend noch weitgehend ignoriert hatten, waren nun, nachdem sie von meinem angeblichen Interesse an einem Haus wussten, neugierig geworden.

»Zwei bis drei Stunden«, rief Thomas Erik hinterher, »dann sitzen wir im Dunkeln. Also kommt rechtzeitig wieder.«

Ich wollte das Hausprojekt, das Erik so sehr am Herzen lag, nicht verwerfen, ohne zumindest den Anschein erweckt zu haben, mich ernsthaft damit zu beschäftigen.

»Bist du zum ersten Mal in Afrika?«, fragte mich Minka. Ich bejahte. »Und gefällt es dir?«

»Einerseits, andererseits. Ich war noch nie ein Freund von Reisen in die Dritte Welt. Mich deprimiert das. Die Armut, die Krankheiten. Das Ausmaß der Fremdheit erschlägt mich.«

»Solange es nur das ist, was einen erschlägt, braucht man sich nicht beschweren«, sagte Ralf. Er machte den Eindruck, als habe er schon einiges getrunken.

»Das gibt sich. Wenn du erst mal lange genug hier bist, wirst du sehen, das gibt sich«, sagte Thomas. Ich verstand nicht ganz, wie er das meinte, und wechselte das Thema.

»Wo ist denn der Generator? Vielleicht können wir uns den mal ansehen und ihn reparieren?«

»Gleich da hinter der Bar in einer Hütte unter den Palmen. Siehst du die Hütte da zwischen den Palmen? Da drin.«

»Und? Wollen wir?«

Thomas lachte müde, die anderen wirkten eher beunruhigt von meinem Vorschlag.

»Ich bin ja Ingenieur und sollte das eigentlich können. Aber Mister Jack ist in diesen Dingen heikel. Der Generator ist sein Eigentum«, sagte er.

»Würde er es nicht schätzen, wenn man sich darum bemüht?«

»Ganz so einfach ist es nicht. Mister Jack muss sich hier um viele Dinge an der Küste kümmern. Ohne ihn wären die Menschen hier überhaupt nicht lebensfähig.«

»Glaube ich gerne, aber ich sehe den Zusammenhang nicht ganz.«

»Für uns geht es nur darum, die Zeit zu überstehen, bis der Generator wieder läuft. Mister Jack ist derjenige, der ihn wieder zum Laufen bringt. Und alle bewundern und bejubeln ihn dafür. Sagen wir so: Es ist eine Spielregel. Und wir halten uns besser daran.«

Wir sprachen über Jack und seine Familie, die Tatsache, dass er mit mehreren Frauen zusammenlebte, die an verschiedenen Orten wohnten, eine hier auf der Insel, zwei an der Küste und eine in Mombasa, alle in Häusern, die ihm gehörten. Minka wollte wissen, ob ich mit Ines verheiratet sei. Ich verneinte.

»Ist besser so«, sagte Thomas.

»Wieso bist du da so sicher?«, fragte ich.

Er machte eine kleine Kunstpause, in der er die Umsitzenden ansah, bevor er anfing, seine Geschichte zu erzählen.

»Ich war auch mal verheiratet. In Deutschland. Da hatten wir alles und waren trotzdem nie zufrieden. Ein Reihenhaus am Stadtrand, ein Firmenwagen, zweimal im Jahr Urlaub und immer diese Sehnsucht, diese rätselhafte, traurige Unzufriedenheit.«

Die anderen raunten Zustimmung.

»Und dann sind wir, auf der Suche nach dem nächsten Urlaubsziel, auf dieses Video im Internet gestoßen. Kiani Village Paradise Homes. Als wir das sahen, wussten wir, da wollen wir hin. Und als wir hier waren, wussten wir, von hier wollen wir nicht wieder weg. Wir haben alles aufgegeben, unser Zuhause, unsere Jobs, unsere Freunde, alles. Da gab es diesen genialen Verkäufer. Wie hieß der denn noch gleich?«

»Sven?«, assistierte Ralf.

»Ja, richtig! Sven. Sven aus Frankfurt an der Oder. Wie uns also dieser Sven das Haus gezeigt hat, das wir uns später gekauft haben. Großartig, in so einem offiziösen Ton.«

Er machte ihn nach:

»Ich möchte Ihnen hier mal kurz unseren Typ ›Kleine Villa‹ vorstellen. Diese hat hundertdreißig Quadratmeter Wohnfläche. Im unteren Bereich befinden sich zwei Schlafräume, Toilette und Dusche. Außerdem, wie Sie sehr schön sehen können, eine wunderschön geräumige Wohnterrasse. Im oberen Bereich ist der Livingroom beziehungsweise das Wohnzimmer mit einer nach innen offenen Galerie nach unten zur Terrasse hin. Für mein afrikanisches Empfinden und Dafürhalten eine sehr schöne und preiswerte Möglichkeit, den Traum vom Leben in Afrika zu verwirklichen. Ihr Koch oder Hausmädchen warten auf Sie. Und ich möchte nicht unerwähnt lassen, dass jeder Haushalt seinen eigenen Koch hat. Das Gefühl der Freiheit darf diesbezüglich natürlich gerade in Afrika nicht fehlen. Träume nicht dein Leben – lebe deinen Traum!«

Die Männer wieherten vor Lachen, während Minka sich in einem lautlosen Lachkrampf wand. In diesem Moment kündigte ein lautes Klacken, viel früher als erwartet, das Absterben des Notstromaggregats an. Das elektrische Licht flackerte noch einige Male auf, bevor der Motor endgültig zum Stillstand kam. Wir saßen stumm im Dunkeln, und keiner regte sich. Thomas war der Erste, der die Sprache wiederfand.

»Suleiman? Suleiman? Suleiman!«, rief er und klang ernstlich beunruhigt.

»Ja, ich bin da«, kam es nach einer kleinen Pause hinter der Hütte.

»Gott sei Dank«, sagte Thomas. »Den brauchen wir unbedingt. Die Einheimischen sind die Einzigen, die sich auch in der Dunkelheit im Busch zurechtfinden.«

»Wohin hätte er denn verschwinden sollen?«, fragte ich.

»Unter der Hütte sind zwei Ruderboote verstaut, für den Notfall.«

»Ja, aber noch haben wir keinen Notfall«, sagte Ralf. »Eine Weile ist das Bier noch kalt, und lange kann es nicht mehr dauern, bis Mister Jack mit dem Generator kommt und wir dann unsere Party feiern.«

Die Bemerkung stieß auf allgemeine Zustimmung. Die kurze Irritation schien aus der Welt geschafft. Suleiman kam mit zwei bereits brennenden Öllampen hinter der Hütte hervor und stellte sie unter Beifallsbekundungen auf unseren Tisch. Erwin und Frank nutzten die Gelegenheit, ihm noch eine Bierbestellung mitzugeben. Suleiman brachte zwei Flaschen und zog sich dann wieder hinter das Haus zurück.

»Ich bin Sven noch nicht begegnet«, sagte ich.

»Kannst du auch nicht. Er ist tot«, antwortete Thomas.

»Verstümmelt und verbrannt«, präzisierte Ralf.

»Es war ein Unfall«, sagte Frank.

»Weißt du, was ein Matatu ist?«, fragte mich Thomas.

»Keine Ahnung. Irgendein archaischer Hinrichtungsritus vielleicht?«

Frank, Ralf und Thomas lachten.

»Der Mann hat Humor, ausgezeichnet!«, sagte Frank. »Nein, ein Matatu ist ein Taxi. Die japanischen Kleinbusse, mit denen die Einheimischen hier herumheizen. Unser Sven, Verkäufer aus Frankfurt an der Oder, war ein Freund der Freiheit und ist liebend gern mit seiner Geländemaschine durch die Gegend gebrettert und hat dabei auch gerne mal das eine oder andere Matatu überholt. Und als er eines schönen Tages wieder einmal ein Matatu auf der Straße nach Mombasa überholte, kam ihm auf der Gegenfahrbahn ein anderes entgegen. Das hatte er übersehen. Es hat ihm beide Beine abgerissen und den Schädel eingedätscht, um fünf Uhr nachmittags. Um vier Uhr hab ich noch Kaffee mit ihm getrunken. Das war schon sehr schade.«

»Träume nicht dein Leben – lebe deinen Traum«, sagte Thomas.

Sie lachten wieder.

»Er war trotz allem ein guter Kerl.«

Eine kurze Stille des Gedenkens folgte.

Ich wollte den Faden wieder aufnehmen.

»Und würdest du sagen, es hat sich gelohnt, nach Kiani auszuwandern?«, fragte ich Thomas.

»Gelohnt? Ich weiß nicht. Eines Tages habe ich Sonja, meine Frau, mit einem, na ja, sagen wir: Afrikaner erwischt. Ich hatte so eine Ahnung und sagte, ich würde nach Mombasa fahren, um einzukaufen. Ich kam früher zurück. Schon als ich aus dem Wagen ausstieg, hörte ich ihr Geschrei. Sie trieb es mit unserem Koch. Ich prügelte ihn mit einem Besenstiel nackt auf die Straße hinaus. Ich habe sie rausgeworfen, mit allem, was ihr gehört.«

»Eine ganz ähnliche Geschichte habe ich gestern schon mal gehört.«

»Oh, die wirst du hier öfter hören«, sagte Ralf. »Die deutschen Frauen hier sind ein echtes Problem.

Die Hitze tut ihnen nicht gut. Ich habe viel darüber nachgedacht. Ich bin zu dem Ergebnis gekommen, dass es die Hitze ist, die sie verrückt macht.«

»Wir sind mit unseren Frauen hierhergekommen und dachten, wir würden ins Paradies einziehen«, sagte Thomas. »Die Schweiz Afrikas, wie Sven gesagt hat. Aber mit dem Paradies ist das so eine Sache. Im ersten Jahr merkst du das noch nicht. Du bist noch gar nicht richtig da und hast so viel damit zu tun, dein Leben zu organisieren. Ich meine, die Dinge laufen hier einfach völlig anders als in Deutschland. Wenn du eine Glühbirne brauchst, gehst du nicht einfach in ein Geschäft und kaufst eine. Du musst Bekanntschaften schließen und dich mit sehr vielen verschiedenen Leuten über dieses Thema unterhalten, bevor du auch nur in die Nähe einer Glühbirne kommst. Anfangs war das nicht ohne Reiz. Nach Tagen der Suche gelingt es dir, eine aufzutreiben, und du bringst sie stolz nach Hause, um sie deiner Frau zu zeigen, wie ein Jäger seine Beute. Aber man lebt sich ein. Und nach einiger Zeit wird auch hier der Alltag zur Routine.«

»Du bleibst von Tag zu Tag länger im Bett liegen«, sagte Frank, »und du beginnst von Tag zu Tag früher mit dem Trinken. Immerhin gibt es hier vernünftiges Bier und gescheite Zigaretten. Du lernst, das als ein Stückchen Heimat zu betrachten. Deinen Angestellten gegenüber wirst du argwöhnisch. Sie sind so gelassen und gut gelaunt. Immer. Du beginnst zu glauben, sie machen sich über dich lustig. Sie bemerken deinen Verfall. Du spürst, er ist nicht aufzuhalten, und dir wird klar: Du bist in der Hölle gelandet.«

»Aber hier wohnen doch so viele Europäer.«

»Einige sehr reiche Menschen aus der ganzen Welt haben auf der Insel Feriendomizile. Aber immer weniger nutzen sie.«

»Warum?«

»Es hat Vorfälle gegeben.«

»Vorfälle? Was für Vorfälle? Erik erzählt mir immer, wie sicher hier alles ist.«

»Das ist es auch, wenn man alles richtig macht. Man muss bestimmte Vorkehrungen treffen. Das kann man schlecht in ein paar Worten erklären. Aber wenn man zur Gemeinschaft gehört, passiert einem nichts.«

»Zur Gemeinschaft«, wiederholte ich. Es war als Anregung gedacht, mir vielleicht noch ein bisschen mehr dazu zu sagen, aber das Thema schien schon wieder abgehakt.

»Ich würde an eurer Stelle nicht mehr allzu lange bleiben«, sagte Erwin.

»Warum nicht?«

»Die Lage ist instabil.«

»Jetzt mach ihm keine Angst, Erwin«, sagte Ralf.

»Die Menschen passen sich den Bedingungen an, in die sie hineingeboren werden. Sie lernen es von klein auf, im Dreck zu vegetieren. Das prägt ihren Charakter. Ich werte das gar nicht. Ich stelle es nur fest. Und doch kann man sagen: Wer im Dreck aufwächst, bekommt einen Dreckscharakter«, dozierte Thomas. »Ich meine, es kommt nicht von ungefähr, dass der ganze

Kontinent in Siechtum und Elend, Wahnsinn und Mord versinkt. Hier geht zugrunde, was nicht länger zu leben bestimmt ist. Und doch: Sie wehren sich.«

»Ein Verkaufsgespräch ist das ja nicht gerade«, sagte ich.

»Wozu dir Lügengeschichten erzählen? Es ist, wie es ist. Diejenigen, die hierher passen, landen früher oder später auch hier. Vielleicht hört es sich gerade nicht so an, aber es hat auch viele Vorteile. Und wer es irgendwoanders besser haben kann, geht sowieso wieder weg.«

»Wohin ist deine Frau denn gegangen?«, fragte ich Thomas.

»Sie ist mit ihrem Koch nach Mombasa gegangen.«

»Und wovon lebt sie jetzt?«

»Sie hat sich einen Rechtsanwalt genommen. Natürlich habe ich zuerst nichts rausgerückt. Aber dann hat mich der Polizeigeneral besucht, den ihr auch schon kennengelernt habt. Es stellt sich heraus, dass er ein Cousin vom Bruder des Neffen des Kochs ist. Er erzählt dir von den Zuständen in den kenianischen Gefängnissen. Und du zahlst deiner Frau entschieden mehr, als ihr zusteht. Mein früherer Koch ist jetzt ein gemachter Mann. Für seine Leute ist er ein Held. Er hat eine weiße Frau und ist plötzlich unermesslich reich. Und dir begegnet überall unverhohlener Spott. Also gehst du ins Shakatak und tröstest dich mit den Frauen dort. Die haben zwar alle Aids, aber musst du dich davor wirklich noch fürchten?«

»Was ist das Shakatak?«

»Du kennst das Shakatak noch nicht? Ohhh!«

Er rief das aus, als stünde mir eine märchenhafte Entdeckung bevor.

Das war der Moment, in dem die ersten Schüsse fielen.

Vier oder fünf kurze Salven, denen eine Reihe von einzelnen Schüssen folgte. Unwillkürlich zogen wir die Köpfe ein.

»Das kommt von Kiani«, sagte Frank.

»AK 47«, flüsterte Ralf.

»Das sind Rebellen. Rebellen sind auf der Insel. Die kommen uns holen«, sagte Thomas.

»Wir müssen hier weg. Wenn die uns hier finden, sind wir dran. Wir müssen rüber in unsere Häuser«, sagte Ralf.

Das erschien mir nicht logisch. Warum sollten wir – oder sie – in ihren Häusern sicherer sein? Aber auch ich wollte hinüber auf die Insel. Ich wollte Ines finden und mich mit ihr in Sicherheit bringen.

»Suleiman?«

Schon während er seinen Namen rief, schien Thomas zu ahnen, was geschehen war. Er sprang auf und lief hinter die Hütte. Wir anderen folgten ihm. Unter der Hütte befand sich nur noch eines der Ruderboote.

»Der Sack ist abgehauen!«

»Die Sau.«

In der Dunkelheit und dem allgemeinen Durcheinander konnte ich nicht ausmachen, wer was sagte, aber die Empörung über Suleiman war allgemein, und sie war groß.

»Der geht einfach nach Hause und lässt uns hier hängen. Es ist immer dasselbe, man kann sich einfach nicht auf sie verlassen.«

»Na warte, Bürschchen! Der kann was erleben, wenn der mir in die Finger kommt.«

»Vielleicht holt er ja Hilfe!«

»Hilfe? Wir brauchen doch keine Hilfe, Mann!«

»Los, wir schnappen uns das Boot und fahren rüber.«

»Da rüber? Bist du verrückt? Wir rennen denen doch direkt in die Arme!«

»Wir müssen es in unsere Häuser schaffen. Da sind wir am sichersten.«

Es gab ein Palaver darüber, welches der sicherste Ort für uns wäre. Im Busch, dort, wo Suleiman uns hätte hinbringen können, war die einhellige Meinung, aber über die zweitbeste Lösung gab es verschiedene Ansichten. Einige wollten einfach in der Boko-Boko-Bar bleiben. Hier gab es Getränke und ein paar Essensvorräte und den Schutz der Dunkelheit. Doch spätestens bei Tagesanbruch würde die Boko-Boko-Bar zur Falle werden. Meine Versuche, Erik auf dem Handy zu erreichen, blieben erfolglos. Wie auch Thomas und Ralf gehörte ich zu denen, die hinüber nach Kiani wollten. Alle anderen entschieden sich dafür zu bleiben, wo sie waren. Während ich alles tun wollte, um wieder mit Ines und Erik zusammen zu sein, sprachen Thomas und Ralf von den Sicherheitsvorrichtungen und Waffen in ihren Häusern, in denen sie sich verschanzen würden.

Wir brachten das kleine Boot zu Wasser und ruderten los. Es gab nur zwei Paddel, Thomas dirigierte uns. Wir steuerten auf die Tauchschule zu, auf eine kleine Bucht voller Mangroven, von denen wir uns genug Schutz erhofften, um ungesehen an Land zu kommen. Jeder, der von der Tauchschule aus aufs Meer blickte, musste uns sehen. Wir waren ein ideales Ziel auf dem ruhigen Wasser. Leicht zu sehen und leicht zu treffen. Unser einziges Glück war, dass sich dort niemand befand, der das vorgehabt hätte. Die Schüsse, die wir hörten, kamen von weiter weg. Ich vermutete, aus Kiani Town. Wenn Ines und ich an unsere Sachen wollten, würden wir genau dorthin müssen. Aber zuerst einmal lag es an mir, sie zu finden. Wir ließen das Boot einfach liegen, wo wir anlegten. Thomas und Ralf kannten den Weg ins Paradise Village, aber ich hatte nur eine vage Vorstellung davon, wie ich zu Eriks Haus käme. Wir verabschiedeten uns ohne ein Wort, nur mit einem Kopfnicken. Ich nahm an, ich würde sie nie wiedersehen. Sie schlichen am Rand der Straße entlang, Freiwild für jeden, der es auf sie abgesehen hatte. Ich tat nichts anderes auf dem Weg, von dem ich dachte, er führe mich zu Eriks Haus. Ich blieb immer wieder stehen, weil ich glaubte, eine Stimme gehört zu haben, ein Murren, ein Rascheln. Ich konnte inzwischen ganz gut sehen, meine Augen hatten sich an das Restlicht gewöhnt. Ich hätte mich gerne bewaffnet, aber alles, was ich finden konnte, war ein robuster, kurzer Stock. Als ich, an einer anderen Stelle als vermutet, plötzlich die Straße entdeckte, die zu Eriks Haus führte, war ich so erleichtert, dass ich am liebsten gerannt wäre. Doch natürlich beherrschte ich mich und schlich mich an, so unauffällig ich konnte. Ich fand Deckung hinter einem halb eingestürzten Mauervorsprung. Im Garten hingen ein paar elektrische Laternen in den Bäumen, die ihn zur Gänze ausleuchteten. Durch die hell erleuchteten Fenster konnte ich ins Wohnzimmer sehen.

Dort stand Erik mit mehreren uniformierten Männern, einige von ihnen trugen schwarze Masken, die aussahen wie um die Köpfe gewickelte Tücher. Sie werden ihn töten, war mein erster Gedanke. Mein zweiter: Ich muss sie daran hindern. Aber was konnte ich tun? Einfach hineingehen? Die Situation wäre unkontrollierbar, was wahrscheinlich weder ihm noch mir helfen würde. Wenn er gefangen war, wäre ich es auch, und wenn er in Verhandlungen stand, konnte mein Erscheinen wohl kaum etwas zum Besseren wenden.

In diesem Moment trat jemand aus einem anderen Raum zu Erik und den Uniformierten. Vielleicht aus der Küche oder sonst irgendwoher. Erik sah nicht ängstlich aus, nicht defensiv. Nur sehr ernst. Der neu Hinzugekommene legte den Arm um Eriks Schulter, während er zu den anderen sprach, so als würde er ihn in Schutz nehmen. Erik nickte. Ich fragte mich: Wenn ich Ines finden wollte, wo musste ich dann suchen? Hier, in diesem Haus? Oder im Hotel? Das waren die beiden wahrscheinlichsten Möglichkeiten. Zu Erik hineinzugehen kam nicht infrage. Sollte ich Ines im Hotel nicht finden, konnte ich mich diesen Männern immer noch ausliefern, sofern es denn irgendeinen Vorteil versprach.

Ich schlich mich wieder davon, versuchte so weit wie möglich im Schatten der Sträucher zu bleiben und begann, mich Richtung Kiani Town durchzuschlagen. Ich folgte einem schmalen Trampelpfad unter den Palmen, der parallel zum Strand verlief.

Ich kam, wie ich es vermutet hatte, den Gewehrsalven näher. Selten in meinem Leben hatte ich größere Angst als in diesen Augenblicken. Als ich die Uferpromenade sehen konnte, hörte ich das wilde Geschrei einer Meute, die sich vor dem Palace Hotel versammelt hatte. Sie wurde von schwarz vermummten Uniformierten in Schach gehalten. Die Vermummten sahen denen in Eriks Haus ganz ähnlich. Es waren keine Angehörigen einer Armee, auch wenn sie diesen Eindruck wahrscheinlich erwecken wollten. Aber dafür waren ihre Uniformen zu unterschiedlich, sie selbst zu wenig gedrillt, zu unordentlich und wild. Ich schlich zum Hintereingang, und es gelang mir, unentdeckt zu bleiben. Im Foyer und auf der Terrasse befanden sich Hotelgäste, Leute vom Strand und vom Hafen, die ganz mit dem Tumult vor ihnen beschäftigt waren. Es gelang mir, unbemerkt die Treppe hinaufzurennen. Unsere Zimmertür war verschlossen. Ich klopfte zaghaft und flüsterte: »Ich bin's!«, bis Ines endlich öffnete. Ich war wahnsinnig erleichtert, sie unverletzt und in Sicherheit anzutreffen. Meine Umarmung erwiderte sie allerdings kaum. Sie hatte es eilig.

»Wir müssen sehen, dass wir hier wegkommen«,

sagte sie. »Suleiman war hier. Ich weiß, wo wir ihn treffen können, damit er uns über die Bucht zu einem Taxi bringt.«

»Suleiman war hier?«

»Ja, etwa vor einer Stunde. Er hat gemeint, wenn wir eine Chance haben wollen zu überleben, müssen wir tun, was er sagt.«

Ich nickte, weil ich keinen besseren Plan hatte. Wir packten unsere Sachen und gelangten durch den Hintereingang ins Freie.

»Sie werden Jagd auf uns machen, sagt Suleiman«, flüsterte Ines.

»Wer sind ›sie‹ und wer sind ›wir‹?«, fragte ich.

»Keine Zeit, das herauszufinden.«

Wir schafften es unbemerkt bis zur Bootsanlegestelle, dem Ort, an dem Suleiman uns erwartete. Er winkte uns zu einem Kahn, wie wir ihn schon kannten, und setzte uns über. Wir schwiegen, während wir fuhren, und ich betrachtete ihn. Ich fragte mich, warum er uns half.

»Danke, Suleiman«, sagte ich auf Deutsch. Er sah mich an, antwortete aber nicht. Es folgte ein Blickwechsel, den ich nicht zu deuten wusste. Ich überlegte, ob er dabei war, uns in eine Falle zu locken, oder was er sonst im Schilde führen konnte. Es konnte alles sein. Auch ganz einfache, gewöhnliche Hilfsbereitschaft.

Wir legten an einem Steg an, der direkt zu einer belebten Straße führte. Von Waffengewalt und Bedrohung war hier nichts zu spüren. Es war eine Partymeile, auf der wir uns plötzlich wiederfanden.

»Sind wir hier sicher?«, fragte ich Suleiman.

»Im Augenblick seid ihr nirgends sicher. Ihr müsst weg von hier. Da vorne ist das Shakatak«, sagte Suleiman. »Davor stehen Matatus. Damit könnt ihr nach Malindi fliehen.«

8.

Das Shakatak war eine Mischung aus Diskothek und Bordell. Die Stimmung auf der Straße war aufgekratzt. Mitten auf der Dirtroad davor lagen zwei Männer. Zuerst dachte ich, es wären Tote, aber wahrscheinlich waren sie nur besinnungslos betrunken. Vor dem Eingang zum Shakatak stand etwa ein Dutzend grell geschminkter Frauen, die mir zuwinkten und nach mir riefen, bis sie Ines entdeckten, die sie sofort mit obszönen Gesten bedachten.

Wir kümmerten uns nicht weiter um sie und steuerten direkt auf die Matatufahrer zu, deren Gefährte in einer kurzen Schlange am Straßenrand parkten. Sie saßen nicht in ihren Autos, sondern standen in kleinen Grüppchen beieinander und unterhielten sich. Ich nahm an, der Fahrer des ersten würde sich unserer annehmen, sobald er uns kommen sah, aber so war es nicht. Wir standen kurz etwas ratlos da, bevor ich mich entschloss, einen von ihnen anzusprechen. Sie lachten über mich und machten abwehrende Handbewegungen. Erst als ich Suleiman erwähnte, deuteten alle auf einen Fahrer, der weiter vorne allein in seinem Wagen saß. Wir gingen zu ihm hin und fragten ihn, ob er uns weiterhelfen könne. Er behauptete zuerst, er habe keine Zeit, überhaupt keiner der Fahrer habe Zeit.

»You're all free!«, rief Ines.

»Too dangerous«, erklärte er, ohne sie anzusehen.

Ich wollte wissen, was genau so gefährlich sei, in der Hoffnung, er könne uns vielleicht Informationen geben, was auf Kiani Island gerade vor sich ging, aber er blieb sehr allgemein. Die Straße sei nicht sicher in der Dunkelheit, meinte er. Wir standen vor ihm mit allem, was wir besaßen. Die anderen Fahrer umringten uns. Es wäre so einfach für sie gewesen, uns alles wegzunehmen. Aber niemand machte sich die Mühe.

»I want to make it possible«, sagte ich, und mein Gedanke schien der richtige gewesen zu sein.

»How you wanna do that?«

Ich wusste, was die letzte Fahrt von Malindi nach Kiani gekostet hatte, und schlug ihm das Doppelte vor. Ich hätte jeden Preis bezahlt, aber mein Gefühl war, ich sollte das nicht zu deutlich machen. Am Ende erklärte er sich einverstanden, uns für den vierfachen Preis zu fahren, weil Suleiman uns geschickt habe und er sein Cousin sei. War das die Erklärung für Suleimans Hilfsbereitschaft? Oder nur Gerede? Wie auch immer, er stieg jetzt sogar aus dem Wagen und half uns beim Einladen unseres Gepäcks. Während der Fahrt auf der vollkommen dunklen Straße nach Malindi versuchte ich aus ihm herauszubekommen, was er über die Lage auf Kiani wusste. Er redete alles Mögliche, war aber sehr geschickt darin, nichts zu sagen.

»If you act carefully, you might be lucky!«

Er lachte, als handle es sich bei diesem Satz um eine Lebensweisheit, die kurioserweise viel zu wenig Beachtung fand.

»Wer sind die Leute, die die Insel angreifen?«, fragte ihn Ines. Er tat so, als habe er die Frage nicht gehört. Ich wiederholte sie, mit dem gleichen Ergebnis, Ines ein weiteres Mal, woraufhin er, hinter dem Steuer, einen kleinen, aber gestenreichen Abwehrtanz aufführte, bevor er sagte, er habe nicht die geringste Ahnung.

»Gobane?«, fragte Ines.

Wir wussten ja nicht, wer oder was Gobane war, aber vielleicht erklärte er es uns jetzt. Doch dieses Wort führte nur zu noch mehr Gefuchtel und Beteuerungen. Gobane? Das glaube er nicht. Wo wir das gehört hätten? Er kenne keinen Gobane und so weiter. Danach schwiegen wir. Ich beobachtete unseren Fahrer von der Rückbank aus. Sorgenvoll blickte er auf die stockdunkle Fahrbahn hinaus, eine Sandpiste mit tiefen Schlaglöchern, die er bestens zu kennen schien, denn er begann schon, ihnen auszuweichen, bevor sie in den Kegel des Scheinwerferlichts gerieten. Ich fragte ihn, ob es nachts an Straßen wie diesen oft Überfälle gebe. Zur Antwort riss er eine Machete aus dem Handschuhfach und wedelte damit in der Luft herum, sodass ich einen Moment fürchtete, er wolle mir damit ans Leben. Danach redete er unverständlich, in einem Tonfall, der mir wohl sagen sollte, dass ein Angreifer schon sehen werde, was er davon habe.

Als wir am Flughafen ankamen, war es Mitternacht. Wir dachten, wir würden um diese Zeit kaum jemand antreffen, aber das Gebäude, das im Wesentlichen aus einer einzigen Halle bestand, war über und über voll mit Menschen. Auf Bergen von Gepäck lagerten sie, als säßen sie seit Stunden fest. Sie schliefen in den merkwürdigsten Verrenkungen auf dem Boden, aßen aus zerknüllten Plastiktüten, verbargen erschöpft ihre Gesichter in den Händen. Kinder schrien. Das Ganze hatte etwas von einer überfüllten Notaufnahme in einem Krankenhaus während einer Epidemie. Ob dies etwas mit den Vorgängen auf Kiani Island zu tun hatte? Es sah so aus, aber niemand, den wir fragten, wollte es uns bestätigen. Wir stellten uns in eine lange Schlange vor dem einzigen besetzten Abflugschalter, in der Hoffnung, dort einchecken zu können. Eine Ewigkeit warteten wir schweigend und stumpf vor uns hin. Vor uns stand ein französischer Mann, etwa in meinem Alter. Er sagte, er sei Journalist. Er sah ziemlich zerzaust aus und roch nach Alkohol. Wir führten nicht wirklich ein Gespräch miteinander. Ab und zu wandte er sich zu uns um und sprach mit schläfrigem Blick ein paar Sätze, zu denen wir nickten.

»Es sind unruhige Zeiten. Die Leute spüren das. Die wenigsten hier wollen wirklich irgendwohin fliegen. Sie suchen den Schutz, den das helle Licht und das Wachpersonal bieten. Wer weiß, was gerade da draußen vor sich geht.«

Unmöglich zu entscheiden, ob das allgemeines Gerede war oder sich auf konkrete Vorgänge bezog. Als er an der Reihe war, reichte er sein Ticket über den Schalter, es wurde abgestempelt, und er ging zu einer der Türen, die aufs Rollfeld hinausführten. Dann kamen wir dran. Die Check-in-Mitarbeiterin sah ziemlich ramponiert aus. Ihr Kragen war voller Flecken, über dem Bauch fehlte an der Jacke ein Knopf, was eine klaffende Lücke zur Folge hatte. Wir gaben ihr unsere Rückflugtickets. Grob hämmerte sie unsere Namen in die Tastatur. Ihre Fingernägel waren eingerissen, der Lack teilweise abgeblättert oder abgenagt. Sie sah vom Bildschirm auf und schenkte uns zum ersten Mal ihre Aufmerksamkeit. Ihre Haare waren nachlässig zu einem Knoten gebunden, eine dicke Strähne hing ihr ins Gesicht.

»Not valid«, sagte sie. Sie sprach es aus wie ein Todesurteil. Natürlich war sie im Unrecht, unsere Tickets waren gültig, das wussten wir, aber es hatte wohl kaum Sinn, mit dieser Person darüber zu diskutieren. Ich fragte sie, wo wir sie umschreiben lassen oder reklamieren oder neue kaufen könnten. Sie schüttelte den Kopf und wiederholte: »Not valid.«

Ich verdrehte die Augen, was ihren Gesichtsausdruck noch ungnädiger werden ließ.

»Wo bekomme ich gültige Tickets?«, wollte ich von ihr wissen.

»Mombasa«, sagte sie.

»Nach Mombasa? Aber da wollen wir doch gerade hin!«

Sie zuckte die Achseln.

»Matatu«, sagte sie. Sie winkte die Nächsten zu sich

heran, wir mussten den Schalter frei machen. Eigentlich war mir zum Randalieren zumute, aber ich beherrschte mich. Wir durften nicht noch mehr Aufsehen erregen. Ines und ich traten zwei Schritte beiseite und berieten uns. Es kam überhaupt nicht infrage, mit dem Matatu nach Mombasa zu fahren. Das würde viele Stunden dauern.

Plötzlich erhob sich ein Geschrei in einer Ecke der Halle, Männer und Frauen sprangen auf, erst nur einige, dann mehr, rannten hin und her, gestikulierten. An einem der Schalter zeigten sich zwei Männer in dunkelblauen Uniformen mit eckigen Schirmmützen und verspiegelten Sonnenbrillen. Hofften die Leute, diese Männer würden sie, auf welche Weise auch immer, ihrem Reiseziel näher bringen? Es schien so, denn sie streckten ihnen ihre Tickets entgegen. Waren das Polizisten? Zollbeamte? Oder etwas zu martialisch auftretende Angestellte einer Fluggesellschaft? Egal, wir mussten mit ihnen sprechen! Sie würden uns sicher einen Hinweis geben können. Wir schlängelten uns, unser Gepäck balancierend, zwischen den Liegenden hindurch, denn längst nicht alle standen auf, viele schien der Aufruhr in der Ecke, der sich jetzt auf den Schalter zubewegte, wo die beiden Uniformierten standen, vollkommen kaltzulassen. Sie hatten sich in ihr Schicksal gefügt, blieben einfach liegen, bis irgend jemand sie aufforderte aufzustehen oder wegzugehen. Während wir auf die beiden Männer zuliefen, wedelte ich mit unseren Tickets in der Luft herum, als könne das irgendetwas bewirken. Ich war stolz, weil ich den

Eindruck hatte, schon von Weitem die Aufmerksamkeit der beiden Männer erweckt zu haben. Sie standen da, unnahbar hinter ihren Sonnenbrillen, und wechselten ab und zu ein paar Worte. Vor den Schaltern hatte sich die Menge versammelt und rief ihnen alles Mögliche zu, bittend, flehend, unterwürfig. Einige hoben Kinder in die Luft. Wir drängten uns in den Pulk hinein, und im gleichen Moment winkte mich auch schon einer der beiden Wachmänner zu sich. Nur mich, nicht Ines, die mir trotzdem folgte. Er winkte mich zu sich, gebot Ines mit einer Geste Einhalt und wies mich durch eine Tür in einen neonerleuchteten, vollkommen kahlen Raum.

»Was ist los?«, fragte ich ihn, ziemlich erregt.

Er reagierte nicht, drückte die Tür hinter sich ins Schloss und verriegelte sie. Auf einem Stuhl in der Ecke saß ein zweiter, dicker Mann in einer ähnlichen Uniform.

»Ist das Ihr Gepäck? Dieser Koffer da? Dieser Rucksack?«

»Ja, natürlich. Sie haben doch gesehen, wie ich ihn getragen habe.«

Ohne mich anzusehen, befahl er:

»Ausziehen.«

Ich verstand nicht gleich.

»Sie müssen sich ausziehen. Das ist Vorschrift.«

Fragend sah ich zu dem anderen Mann in der Ecke hin, dessen strenger Blick mich belehrte, besser zu tun, was von mir verlangt wurde. Erst zögerlich, dann zügig, entkleidete ich mich bis auf die Unterhose.

»Ganz ausziehen«, sagte der Mann in der Ecke, der sich unterdessen einen Gummihandschuh übergestreift hatte. Ich schnaufte durch und zog auch die Unterhose aus. Ich hörte das Bündchen des Gummihandschuhs schnalzen.

»Gehört das Ihnen?«

Der Mann, der meine Sachen durchsuchte, hielt mein Smartphone in die Höhe.

»Ja.«

»Haben Sie eine Genehmigung dafür?«

»Braucht man eine Genehmigung dafür?«

Ich sah ihm an, dass er meine Gegenfrage für eine Frechheit hielt. Er warf es zurück in den Koffer. In diesem Moment klopfte es an der Tür. Der Mann mit dem Gummihandschuh stand auf und öffnete. Eine Frau sah herein. Es war die Frau vom Abfertigungsschalter. Ihr Blick fiel, eher beiläufig, auf mein Glied. Nachdem sie es ungeniert betrachtet hatte, sah sie mich spöttisch an. Dann erinnerte sie sich offenbar daran, warum sie gekommen war. Sie flüsterte dem Uniformierten etwas zu. Der Mann nickte, und die Frau verschwand wieder. Die beiden Männer steckten die Köpfe zusammen und berieten sich, während ich nackt vor ihnen stand.

»Anziehen und weitergehen«, sagte einer von ihnen schließlich.

»Draußen wartet jemand auf Sie.«

Ich nahm an, sie sprächen von Ines, die mich auch tatsächlich in der großen Halle in Empfang nahm. Das Tor zum Rollfeld wurde geöffnet.

Wenig später rannten Ines und ich in einer Traube von Leuten mit unserem Gepäck vor der Brust auf ein Flugzeug zu, von dem es hieß, es könne uns nach Mombasa bringen. Es war eine Turbopropmaschine, wie die, mit der wir gekommen waren. Ihre Motoren liefen schon.

»Los!«, schrie ich.

Wir wussten nicht, ob wir ohne gültige Tickets an Bord gelassen würden.

»Jack! Da ist Jack!«, rief Ines plötzlich.

»Wie bitte?«

»Da drüben!«

Sie deutete im Laufen an den Rand der vom Flutlicht erleuchteten Asphaltfläche. Tatsächlich stand dort Mister Jack in Begleitung von zwei Soldaten, die ihm offenbar nicht erlaubten, näher zu kommen, und er winkte uns, nicht zum Abschied, sondern zu sich. Wir verlangsamten unser Tempo.

»Was will der denn?«, fragte ich.

»Es ist sicher wichtig, sonst wäre er nicht gekommen«, sagte Ines, »vielleicht ist irgendwas mit Erik.«

»Oh mein Gott, glaubst du wirklich?«

Ihre Vermutung erschien mir ohne Weiteres wie eine erwiesene Tatsache. Erik war etwas zugestoßen, und ich war viel zu sehr mit unserer eigenen vermeintlichen Rettung beschäftigt, um auch nur an diese Möglichkeit zu denken.

»Wir sollten zu ihm gehen«, sagte Ines.

Ich sah Richtung Flugzeug.

»Du solltest fliegen. Es war keine gute Idee, hierherzukommen. Ich habe dich da in meine Familienangelegenheiten hineingezogen und in Gefahr gebracht. Glaubst du nicht, es wäre besser? Du reist jetzt ab, und wir sehen uns in Deutschland wieder?«

»Es sieht nicht so aus, als würden sie uns an Bord lassen. Erik braucht vielleicht unsere Hilfe. Und von mir willst du, dass ich euch im Stich lasse? Komm.«

Ihr Gepäck unter den Armen, löste sie sich aus dem Pulk und eilte mit entschlossenem Gesichtsausdruck zu Jack. Was blieb mir übrig? Ich rannte hinter ihr her. Jacks Miene schien alles andere als erfreut. Gleich als wir bei ihm ankamen, begann er mit seinen Vorhaltungen.

»Was fällt euch ein, einfach abzuhauen. Wir haben jetzt die allergrößten Schwierigkeiten!«

»Was denn für Schwierigkeiten?«, fragte ich.

Mein Zweifel erzürnte ihn.

»Dein Sohn wird gerade verhört. Ihm wird vorgeworfen, er habe euch zur Flucht verholfen.«

»Und selbst wenn. Was wäre ihm daran vorzuwerfen?«

Jacks Augen blitzten strafend auf mich herab.

»Du hast es noch immer nicht begriffen, wie? Es geht hier nicht um irgendwelche Rechte. Die existieren nur in deinem Kopf. Dein Sohn schwebt in Lebensgefahr, egal ob du das gerecht findest oder nicht. Du kannst versuchen, ihn zu retten, oder hier mit mir herumdiskutieren oder ihn im Stich lassen und versuchen, in diese Maschine zu gelangen, was dir wahrscheinlich nicht gelingen wird. Das liegt ganz bei dir.«

Die beiden Soldaten hinter ihm machten zufriedene Gesichter. Sie hatten seine Worte nicht verstanden, aber Mister Jacks Tonfall verriet ihnen, dass er mir die Meinung geigte, und das gefiel ihnen.

»Also gut, was sollen wir tun?«, fragte ich.

»Ihr könnt das nur wieder geradebiegen, wenn ihr euch zeigt.«

»Und dann lassen sie Erik in Ruhe? Das ergibt doch keinen Sinn«, sagte ich.

»Dass ihr geflohen seid, geht allein auf seine Kappe. Wenn ihr zurückkehrt, ist das Problem, wenigstens fürs Erste, gelöst.«

»Woher willst du das denn wissen?«

»Glaub mir einfach, ich weiß es.«

Ich sah ihn scharf an, er schien sich absolut sicher zu sein. Wenn es so war, wie er sagte, gab es keinen Grund, länger zu warten.

Wir rannten. Zuerst durch die Halle, dann hinaus auf den Parkplatz. Ich erkannte seinen Wagen, einen olivgrünen Defender. Jack verstaute eilig unser Gepäck, und wir fuhren los. Unterwegs hielt er einen langen Monolog über das Wesen und die Mentalität der Menschen auf Kiani, und dass er sie lange habe studieren müssen, um sie zu verstehen, jetzt aber genau wisse, worauf man hier Wert lege. Gegenseitiger Respekt sei die Grundlage von allem. Das Schlimmste, was man tun könne, sei, den Leuten die eigene Sichtweise aufzwingen zu wollen, das sei ja leider das Hauptproblem aller Europäer und insbesondere der Deutschen, dass sie es einfach nicht lassen könnten, den Rest der Welt zu belehren oder zumindest zu glauben, was sie für richtig erachteten, müsse auch für alle anderen gelten.

Seine Ausführungen waren vorhersehbar, ermüdend und endlos. Während Ines sich auf der Rückbank einfach schlafen legte, bemühte ich mich anfangs, den interessierten Zuhörer zu geben. All meinen Zwischenfragen nach Erik wich er wortreich aus. Erik habe die Wesensart der Menschen auf Kiani Island verstanden, er sei hier angekommen.

»Ich kann sehen, ob jemand die afrikanische Seele in sich trägt oder nicht. Erik hat sie. Du hast sie auch. Eigentlich hat sie jeder, aber bei vielen ist sie verschüttet. Die Wiege der Menschheit steht in Afrika. Aber in vielen Menschen ist die Erinnerung an sie überdeckt von dem ganzen Dreck der westlichen Zivilisation. Manche aber schaffen es. Sie schaffen es, sich von diesem Ballast zu befreien. Erik hat sich befreit. Und jetzt kommst du daher und bringst ihn in Not.«

Ich bedauerte dies, auch wenn mir die Zusammenhänge schleierhaft blieben und Jack sie mir entweder nicht erklären oder ich sie nicht verstehen konnte.

Wir setzten mit einer Fähre über nach Kiani Island und legten vor dem Palace Hotel an.

»Wir fahren nach Kiani Village.«

Ein ramponierter Geländewagen wartete mit laufendem Motor auf uns.

Am Steuer saß ein Mann in einem Tarnanzug, den Kopf mit einem schwarzen Tuch verhüllt. Er bellte uns auf Swahili an. Er wies mit dem Daumen auf die Rückbank, unsere Plätze waren hinten.

Der vorhin noch so gesprächige Mister Jack schwieg, bis wir in Kiani Village ankamen. Wir wurden in das leer stehende Haus gebracht, das uns Erik gezeigt hatte. Im Livingroom stand der Polizeigeneral, eskortiert von zwei Männern, die gekleidet waren wie der, der uns hergefahren hatte. Es wirkte nicht so, als unterstünden sie dem Befehl des Generals. Eher umgekehrt. Dennoch war er es, der zu uns sprach.

»Es liegen ernste Vorwürfe gegen Sie vor. Ist es richtig, dass Ihr Sohn Erik Ihnen geholfen hat zu fliehen?«

»Wo ist Erik?«, fragte ich.

»Es geht ihm gut.«

»Ich rede überhaupt nicht mit Ihnen, bevor ich keinen Beweis dafür habe.«

Der Polizeigeneral nahm wieder jenen tief verletzten Gesichtsausdruck an, den wir schon vom ersten Abend kannten.

»Ihr Sohn ist in seinem Haus. Ich bin nicht hier, um über ihn zu reden. Ich bin hier, um Ihnen zu sagen, dass es eine Anklage gegen Sie beide geben wird.«

Ines und ich sahen zu Jack hinüber.

»Wärt Ihr mitgekommen, wenn ich euch die ganze Wahrheit gesagt hätte?«, fragte er.

»Was sollen wir denn angestellt haben?«, fragte ich den Polizeigeneral.

»Sie werden es zu gegebener Zeit erfahren.«

Ich staunte über seine Ausdrucksweise. Er war sichtlich stolz auf seine Formulierung.

»Jetzt muss ich Sie bitten, mir Ihr Smartphone auszuhändigen.«

Meine Hoffnung, sie würden es vergessen, war dahin. Ich zog es aus der Seitentasche meiner Hose und reichte es ihm.

»Sie stehen bis auf Weiteres unter Hausarrest«, sagte er. Die Männer schickten sich an zu gehen, auch Mister Jack, den die Maßnahme offenbar nicht betraf.

»Sie können uns doch nicht einfach hier einsperren!«, schrie Ines. Die beiden Paramilitärs wandten sich blitzschnell um, und ich war bereit, mich zwischen sie und Ines zu stürzen, doch sie wich zurück, als einer von ihnen einen Schlag mit dem Kolben seiner AK 47 andeutete. Die Männer schlossen die Tür hinter sich. Panisch durchdachte ich die einzige Fluchtmöglichkeit, die mir einfiel: Es war möglich, das Haus über die Terrasse zu verlassen, aber das Grundstück war von einer zwei Meter hohen Ziegelmauer umfriedet, auf der zerbrochene Glasscherben einzementiert waren, zum Schutz vor Einbrechern. Vielleicht konnte man sie mit einer improvisierten Leiter und Bettdecken überwinden. Wir hörten, wie sie das Tor zur Einfahrt verriegelten, es war der einzige Zugang zum Gelände, und bestimmt postierten sie draußen Wachen vor dem Tor. Was konnten wir tun? Ich hatte zwei Haferriegel in der Seitentasche meiner Hose, aber wir hatten kein Wasser.

»Lass uns in der Küche nachsehen. Vielleicht können wir Leitungswasser abkochen«, sagte Ines.

In der Küche gab es alles, eine Spüle, Wasserhähne, einen Kühlschrank, einen Herd, doch nichts davon war angeschlossen. Wir durchsuchten die Regale und

Küchenschränke, dann die anderen Zimmer, aber wir fanden nichts, keine Kleidung, keine Nahrung, das Haus war vollkommen leer. Auch eine Decke oder eine Matratze gab es nicht. Wir hatten nur das, was wir am Leib trugen. Der Swimmingpool war das Einzige, was auf diesem Grundstück funktionsfähig war. Er war mit Wasser gefüllt und sauber. Holm, der Hausmeister, schien sich hingebungsvoll um seine Pflege zu kümmern und musste ihn noch an diesem Morgen gereinigt haben, denn meist sammelten sich schon sehr schnell danach an der Oberfläche wieder jene trockenen ahornartigen Blüten, die das Wasser verschmutzt aussehen ließen und einen beim Schwimmen störten.

»Sollen wir es wagen, das Poolwasser zu trinken?«, fragte ich.

Ines sah mich an, als zweifle sie an meinem Verstand.

»Lass uns lieber die Hütte da drüben inspizieren.«

Auf der anderen Seite des Pools, nahe der Grundstücksmauer, stand ein Gartenhaus, im gleichen Stil wie das Haupthaus gebaut, nur kleiner. Wir gingen hinüber, die Tür stand offen, es bestand nur aus einem Raum, und der war vollkommen leer.

Es gab auf dem ganzen Grundstück auch keine Möbel, keine Liege, keinen Stuhl. Wir suchten eine ganze Weile nach bequemeren Plätzen als dem Fußboden. Schließlich nahmen wir mit einem Stück einer im Schatten liegenden Hausmauer vorlieb, an die wir uns hockten. Zuerst sprachen wir noch. Über Erik, wo er war, was sie mit ihm anstellten, und immer wieder über die Frage, ob sie einfach vergessen hatten, uns Wasser dazulassen, oder ob das der Auftakt zu einer Misshandlung war, die noch gar nicht richtig begonnen hatte. Bald aber versiegte unser Gespräch, und wir hockten schweigend nebeneinander.

Jede Haltung wird schnell unangenehm, wenn man es nicht gewöhnt ist, auf dem Boden zu sitzen. Von welcher Seite ich es auch betrachtete, es war völlig ausgeschlossen, dass sie es einfach übersehen hatten, uns Lebensmittel und Wasser dazulassen. Sollten wir es darauf ankommen lassen und an das verriegelte Einfahrtstor klopfen? Vielleicht würde die Wache auf uns reagieren? Hätte es Sinn, um Hilfe zu rufen? Oder würden wir uns damit nur in Gefahr bringen? Alle diese Überlegungen machten mir bewusst, dass wir unsere Lage wahrscheinlich nur verschlechtern konnten, falls wir etwas unternahmen.

Die Sonne stieg, und die Schatten schwanden, wir zogen uns ins Haus zurück, wo es noch trostloser war als draußen, auch kaum weniger heiß. Obwohl wir uns kaum bewegten, schwitzten wir am ganzen Körper, und aus der Angst vor Hunger und Durst wurden Hunger und Durst. Der unbändige Wunsch, in den Pool zu steigen, wurde immer stärker. Ich wollte mich abkühlen und vom Poolwasser trinken. Es sah sauber aus, so gefährlich konnte es doch gar nicht sein. Es zu trinken und festzustellen, dass ich es vertrug, hätte mich vielleicht beruhigt. Ab und zu warf ich Ines aufmunternd gemeinte Blicke zu, aber auch das verfehlte schon bald seinen Zweck.

Irgendwann stand ich entschlossen auf.

»Tu es nicht«, sagte Ines.

»Ist doch egal. Wenn die meinen, die können uns hier einfach verrecken lassen, täuschen sie sich. Ich geh jetzt da rein, kühl mich ab und trink was.«

»Die lassen uns hier nicht verrecken.«

»Was macht dich da so sicher?«

»Davon hätten sie nichts. Dafür sind wir zu wertvoll.«

»Klingt vernünftig. Aber haben wir, seit wir hier sind, irgendetwas erlebt, was uns vernünftig vorkam?«

Ich ging zum Pool, aber nicht ins Wasser. Ich legte mich auf den Bauch, hängte den Kopf über den Beckenrand und schaufelte mit den Händen Wasser darüber. Es war brühwarm und kein bisschen erfrischend. Natürlich trank ich nicht davon. Ich ging wieder zurück und setzte mich wieder neben Ines. Je länger wir schwiegen, desto weniger waren wir gemeinsam an diesem Ort, sondern jeder für sich. Es trat eine große Stille ein, die sich allmählich in eine Geräuschkulisse verwandelte, wie man sie gewöhnlich nicht wahrnimmt. Wir waren dankbar für jedes Rascheln, jedes Kratzen eines Tieres. Für den Ruf eines Menschen außerhalb der Mauern, für das Aufheulen eines Motors in der Ferne.

9.

Als es am späten Nachmittag dunkler und kühler wurde, hatte ich längst aufgehört, darüber nachzudenken, wie es weitergehen würde. Der Durst paralysierte und verängstigte uns. Es hatte nur ein paar Stunden gebraucht, um uns vollkommen zu demoralisieren. Ich hörte Autos sich nähern, aber wagte nicht zu hoffen, sie könnten zu uns kommen. Doch dann hielten sie vor unserem Tor. Es waren zwei. Ich sah sie vor meinem geistigen Auge, und doch kam es mir so vor, als ginge es mich nichts an. Vielleicht, weil ich ahnte, dass diese Autos nicht unsere Rettung brachten. Eine Maschinengewehrsalve, erschreckend nahe, riss uns jäh aus unserer Apathie. Unwillkürlich rückten wir zusammen und umarmten uns. Wir hörten, wie das Einfahrtstor geöffnet wurde und Männer auf das Grundstück kamen. Sie sprachen miteinander. Ihre Stimmen klangen entschlossen und brutal. Ohne zu wissen, was nun als Nächstes geschehen würde, lernte ich, was es hieß, Todesangst zu haben. Die Männer kamen ins Haus. Erst zwei, dann noch mehr, uniformiert und schwarz vermummt, wie wir es schon kannten. Sie hatten Ralf,

Frank, Erwin, Thomas und Minka in ihrer Mitte und trieben sie ins Haus. Außerdem brachten sie sechs in Plastikfolie zusammengeschweißte Anderthalbliterflaschen Wasser und eine siebte einzelne und stellten sie uns vor die Füße.

Dann erschienen der Polizeigeneral und Mister Jack. Mister Jack hatte sieben Lunchpakete dabei, die er an uns verteilte. Er sprach kein Wort. So wie er uns ansah, war es ihm anscheinend verboten. Als er fertig war, ging er sofort wieder hinaus.

Der Polizeigeneral hingegen baute sich auf, weil er etwas zu verkünden hatte. Es war nur ein Satz. Als richte er sich an eine größere Menge, sagte er:

»Morgen werden eure Verbrechen gesühnt werden.«

Dann gingen die Männer und er hinaus, schlossen die Haustür und verriegelten, wie wir hörten, das Einfahrtstor wieder. Noch vor einer Woche hätte mich das kümmerliche Pathos des Polizeigenerals eher zum Lachen gereizt, aber unter diesen Umständen ließ es nicht nur mich das Schlimmste befürchten. Das Wasser wurde verteilt, und alle öffneten ihre Lunchpakete, die, wie wir an den Papierservietten erkannten, aus der Küche des Palace Hotel stammten. Diese Papierservietten hatten etwas ungemein Tröstliches an sich. Wenn für ein solches Detail noch Zeit war, konnte es vielleicht noch Hoffnung geben. Es waren raffinierte Sandwiches, frische Früchte und eine Süßigkeit in jedem Paket, als wäre unser Aufenthalt hier Teil einer Animation.

Nach und nach erfuhren Ines und ich, dass Ralf,

Erwin, Frank, Thomas und Minka aus ihren Häusern geholt worden waren.

»Die bringen uns um«, sagte Erwin, dem diese Befürchtung offenbar nicht den Appetit verdarb.

Seine Meinung wurde auch nicht von allen geteilt. »Wir sind lebendig für sie mehr wert als tot. Das sind Banditen. Die wollen sich unsere Habe unter den Nagel reißen«, sagte Thomas.

»Ich verstehe nicht, was Jack bei der ganzen Sache für eine Rolle spielt. Habt ihr gesehen, wie demütig er die Lunchpakete gebracht hat? Ich glaube, sie haben ihn unter Kontrolle«, sagte Minka.

Ralf murmelte vor sich hin.

»Hör auf mit der Jammerei«, sagte Frank. »Jack wird das schon hinbekommen.«

»Weiß man denn überhaupt, was hier gerade stattfindet? Was das für ein Überfall ist?«, fragte ich.

»Gobane«, sagte Erwin fachmännisch. »Ja, ja, Gobane.« Alle stimmten ihm zu, als müsse man wissen, wer das sei.

»Das war das Wort, das die Kinder auf der Insel riefen. Und was heißt es?«, fragte ich.

Nach einigen bedeutungsvoll gewechselten Blicken übernahm es Thomas, uns aufzuklären.

»Gobane ist ein Warlord, ursprünglich wahrscheinlich aus Somalia. Seit einigen Jahren wird sein Name mit Entführungen und anderen Verbrechen in Verbindung gebracht. Ob er sie alle selbst begangen hat, steht natürlich nicht fest. Andere berufen sich auf ihn, behaupten, sie seien seine Gesandten, weil sie um die demoralisierende Wirkung seines Namens wissen. Viele verehren ihn wie einen Rebellen, einen Freiheitshelden. Es heißt, Mister Jack und Gobane hätten einen Deal, wonach Kiani Island von Übergriffen verschont wird. Keiner außer Mister Jack weiß, worin die Gegenleistung besteht. Vermutlich in der Zahlung von viel Geld, was sonst? Aber Jack leugnet schon allein die Existenz dieses Deals und behauptet, Gobane nie begegnet zu sein.«

Sie begannen sich nun schauerliche Geschichten über Gobane und seine Männer zu erzählen. Ralf berichtete von grässlichen Folterungen deutscher Touristen. Den Höhepunkt aber bildete ein Vorfall, den sie die »Malindi Riots« nannten. Frank kannte einen Mann, der ihn miterlebt hatte. Acht Geiseln, ganz ähnliche Leute wie wir, wurden dem tobenden Mob vorgeführt. Die Anführer warfen ihnen vor, amerikanische Spione zu sein, obwohl kein einziger Amerikaner unter ihnen war.

In zwei offenen VW-Kübelwagen wurden sie von dem Gefängnis, in dem sie tagelang festgehalten und verprügelt worden waren, zum Hauptplatz gefahren, auf dem sich eine johlende Menge versammelt hatte. Die Menschen am Straßenrand schrien antiamerikanische Parolen, kratzten, bespuckten und schlugen sie. Auf dem Platz und auf den Dächern der umstehenden Häuser drängten sie sich in Erwartung. Vier oder fünf vermummte Bewaffnete postierten sich um die Wagen. Sie verhinderten, dass die Geiseln gelyncht wurden, ließen aber zu, dass der Mob sie an den Haaren zog, ihnen die Gesichter mit den Fingernägeln zerkratzte. Sie schrien sie an, sie würden sie mit ihren Macheten schlachten und ihre Herzen essen. Sie versuchten herauszufinden, wer der ranghöchste der Gefangenen war. Sie piesackten sie mit spitzen Stöcken, Messern und brennenden Zigaretten. Die Wachen zwangen sie, aus den Wagen zu steigen, sie sollten in der Mitte des Platzes zusammenstehen, bereit, sich abschlachten zu lassen. Das Geschrei der Menge wurde immer wilder. Doch dann stellte sich heraus, dass der Polizeigeneral von Kiani in Malindi angekommen war, der das Kommando übernahm. Die geplanten Hinrichtungen mit Macheten fanden nicht statt.

»Warum war er da? Welche Rolle spielte er?«, fragte ich.

»In dieser Lage, wo alles unklar war und jederzeit alles hätte passieren können, waren alle beeindruckt von einem besonnenen Mann in Uniform, der die Richtung vorgab. Niemand fragte, wer ihn ermächtigt hatte. Niemand wagte es, sich über ihn zu erheben, das genügte.«

Der Polizeigeneral sprach ein paar Worte zu einer der Wachen, und die Geiseln wurden zurück in die Kübelwagen beordert. Einen der Soldaten, der protestierte, dass sie nun nicht öffentlich hingerichtet wurden, schlug der Polizeigeneral nieder. Er befahl dem Fahrer, die Szene zu verlassen und die Geiseln zu Gobanes Palast zu bringen.

»Wo ist der?«, fragte ich. Ich rechnete nicht ernstlich mit einer Antwort.

»Ich habe keine Ahnung. Ich war nie dort. Aber es ist kein geheimer Ort. Er ist in der Stadt. Und es ist kein Palast, so wie wir ihn uns vorstellen«, fuhr Frank fort. »Eher so etwas wie ein Amtssitz.«

Die Massen, so berichtete Ralf weiter, waren mit dieser Entwicklung der Dinge nicht einverstanden. Sie brüllten, außer sich vor Erregung. Sie wollten die Hinrichtung sehen. Die Geiseln wurden zu Gobanes Gebetshaus gebracht. Der Mob folgte den Kübelwagen und versammelte sich dort. Gobane selbst war nicht zugegen, aber einer seiner engsten Vertrauten zeigte sich. Er befahl den Geiseln, aus dem Wagen auszusteigen und sich in einer Reihe aufzustellen. Westlich aussehende Fotografen machten Aufnahmen von ihnen, aber niemand war da, der ihnen helfen konnte. Die Soldaten, die diesem Mann offenbar unmittelbar unterstellt waren, hielten den Geiseln Gewehrläufe an die Köpfe, während er sprach. Er erklärte, an ihren Todesurteilen sei nichts mehr zu ändern. Der Mob gab sich damit nicht zufrieden, er wollte die sofortige Exekution der amerikanischen Spione. Der Anführer begann von Gobane zu sprechen und nannte wiederholt dessen Namen, und jedes Mal, wenn er es tat, wurde die Meute ein wenig ruhiger. Als er schließlich sagte, allein Gobane wisse, allein Gobane dürfe entscheiden, was mit den Geiseln geschehe, wurde es gänzlich still.

Ralf verstummte. Ines und ich warteten gespannt, wie die Geschichte ausgegangen war. Aber Ralf wollte nicht weiterreden. Wir drängten ihn, und er sagte:

»Ich kann es nicht sagen, weil ich es nicht weiß. Ich habe keine der Geiseln wiedergesehen. Im Internet habe ich über den gesamten Vorfall nie etwas gelesen. Gobane hat eine Entscheidung gefällt, und sie wurde befolgt.«

Mit diesem Ende legten wir uns hin, um zu schlafen. Es war natürlich völlig aussichtslos, in dieser Nacht Ruhe zu finden. Der Betonboden machte mich fertig, und irgendwann legte ich mich in den Garten.

Ich dachte darüber nach, was alles gut gewesen war in meinem Leben, in der Hoffnung, solche Überlegungen würden mir Zuversicht schenken. Das war auch der Fall, aber die Aussicht, Dinge erleben zu müssen, wie Frank sie beschrieben hatte, ließ mich stumm vor mich hin jammern. Dann wieder versuchte ich mir klarzumachen, dass bisher noch nichts wirklich Schlimmes geschehen war, nichts, was man nicht hinterher als Missverständnis und Bagatelle hätte abtun können. Selbst unsere Isolationshaft ließe sich, wenn sie nicht allzu lange andauerte, hinterher leicht als ein Malheur darstellen, entstanden durch eine bedauerliche Unachtsamkeit aufgrund der aufgeregten Verhältnisse.

Irgendwann schlief ich ein, wälzte mich auf dem unbequemen Untergrund, voller Furcht, nun ein willkommener Fraß der Malariamücken geworden zu sein.

Zugleich ermahnte ich mich, nicht hysterisch zu werden, schließlich verbrachten Milliarden von Menschen ihre Tage und Nächte in weit schlimmeren Umständen ohne den Schutz von Medikamenten und

Annehmlichkeiten, die ich für unerlässlich hielt. Als endlich die Morgensonne über die Mauern stieg, empfand ich ein Gefühl des Triumphes, einfach weil ich noch am Leben war. Lange Zeit, so dachte ich, hatte ich wohl alles richtig gemacht, doch irgendwann musste ich begonnen haben, falsche Entscheidungen zu treffen. Sonst wäre ich nicht auf diesem Flecken Erde und in diesen Umständen gelandet. Ich zog mich bis auf die Unterhose aus und genoss die morgendliche Frische, die schon in einer halben Stunde der alltäglichen tropischen Hitze gewichen sein würde, und stieg in den Pool. Das Wasser war schön kalt, abgekühlt über Nacht. Ich hatte Hunger, einen Bärenhunger, und obwohl ich wusste, es würde so bald wahrscheinlich nichts zu essen geben, freute ich mich ohne jeden realen Anlass darauf, dass wir bald freikämen. Ich tauchte und nahm zwei tiefe Schlucke von dem gechlorten Poolwasser, die mir, wie ich sogleich bemerkte, schlecht bekamen, doch der Wunsch zu trinken und etwas im Magen zu haben, war einfach zu groß.

Ich stieg aus dem Becken, schüttelte mich nur ein wenig ab und zog mich wieder an. Meine Kleidung wurde nass, aber sie würde schnell in der Sonne trocknen. Ines kam auf die Terrasse heraus, ich fragte, wie es ihr gehe. Sie sah wie gerädert aus.

»Okay«, sagte sie.

»Was ist mit den anderen?«

»Alle wach. Sie sagen, der General und Gobanes Leute werden bald hier sein.«

»Ja, vermutlich.«

Sie wirkte ernst und kämpferisch, was mich ermutigte. Sicher, wir konnten Opfer willkürlicher, fanatischer Gewalt werden, aber wir hatten Fürsprecher und in dem Polizeigeneral bei aller Merkwürdigkeit jemanden, der mit Mister Jack und Erik verbunden war und zumindest einen gewissen Einfluss auf unsere Peiniger zu haben schien.

Das gemeinsame Frühstück fand auf der Terrasse im Freien statt. Das wenige, was noch in unseren Lunchpaketen zu finden war, teilten wir. Ich horchte in mich hinein. Das Poolwasser, das ich getrunken hatte, schien mich nicht sofort verseucht zu haben. Thomas, Ralf und Frank sprachen davon, dass wir auf uns aufmerksam machen müssten.

»Wir müssen mit den Wachen reden, sie aufrütteln, provozieren. Sie werden uns nichts tun. Es wird sie einschüchtern. Sie wissen, wir stehen unter dem Schutz von Mister Jack.«

Ich verstand nicht, woher diese Zuversicht kam, und wollte widersprechen, aber es war nicht nötig, denn draußen machte man sich an unserem Tor zu schaffen, und sofort kehrte die Angst zurück, denn wir wussten ja nicht, was draußen vor sich ging, und wir waren unbewaffnet. Für jeden, dem es einfiel, uns zu überfallen, wären wir leichte Beute gewesen, bei der es allerdings wenig zu holen gab. Der einzige Trost: Man musste klüger und geschickter sein als ein gewöhnlicher Räuber, um unseren Wert zu erkennen. Ich machte mir keine Illusionen, der Polizeigeneral und die vermummten Schergen, die ihm nachfolgten, verfolgten einen intelligenteren Plan, als uns zu foltern. Auch davor würden sie allerdings nicht zurückschrecken, wenn es nötig wäre. Vorerst jedoch würden sie es anders versuchen.

Erik war mit ihnen gekommen. Und selbst unter diesen Umständen war ich erst einmal einfach nur froh, dass er unversehrt und wohlauf war, und ich sah ihm an, dass es ihm umgekehrt genauso ging, jedenfalls wollte ich das glauben.

Der Polizeigeneral gab ihm mit einer herrischen Kopfbewegung den Weg vor. Er sollte mit mir sprechen, so als wären wir Unterhändler verfeindeter Parteien. Erik nahm mich beiseite und ging mit mir ein paar Schritte in den Garten hinaus, die anderen sollten uns nicht hören. Ich hatte es eilig, ihn zu befragen, noch bevor er anfangen konnte zu reden.

»Erik, was spielst du für eine Rolle? Steckst du am Ende mit hinter dieser … Sache, oder wie immer man es nennen soll?«

Sein Blick verriet äußerstes Befremden. Vielleicht erschien ich ihm hysterisch oder ungerecht, aber wieso war er frei, und wir waren es nicht? Warum vertrauten ihm diese Leute, wer immer sie waren, zumindest so weit, dass er Verhandlungen führen durfte?

»Der Polizeigeneral hat mir aufgetragen, mit dir zu reden, bevor es gewissermaßen offiziell wird.«

»Wovon redest du?«

»Es stehen schwere Vorwürfe gegen euch im Raum.«

»Gegen wen genau?«

»Gegen dich und Ines.«

»Das ist doch absurd. Was für Vorwürfe? Wer erhebt sie? Kann ich Stellung nehmen? Uns verteidigen?«

Mit einem bitteren Lächeln schüttelte Erik den Kopf.

»So mag das in deiner Welt verhandelt werden, Papa. Aber hier gelten andere Regeln. Es ist nicht von Belang, ob diese Vorwürfe zutreffen oder nicht.«

Es war dieses »Papa«, das mir völlig unerwartet einen heftigen Stich versetzte. Wann hatte ich es zuletzt gehört? Als er, noch zu Hause, verzweifelt gegen seinen in allen Belangen haushoch überlegenen Juristenvater argumentierte, der es immer besser wusste, immer das letzte Wort behielt? Papa, das war immer der verzweifelte Ruf eines hartnäckig Übersehenen gewesen, und er hatte bedeutet: »Hallo? Ich bin hier!« Wie hatten sich seitdem die Vorzeichen verändert! Jetzt hieß Papa: »Wach endlich auf, bevor es zu spät ist!« Doch ich verstand nicht. Noch nicht. Alles sträubte sich in mir dagegen anzuerkennen, dass wir schuldig sein sollten, bevor man sich auch nur die Mühe gemacht hatte, uns die Sachlage zu erklären. Erik wusste das alles, er sah es mir an. Sonst hätte er nicht getan, was ihm aus seiner Sicht völlig überflüssig erscheinen musste, nämlich mir die Anklagepunkte, soweit es ihm möglich war, zu erläutern.

»Der General hat Ines das Smartphone abgenommen.«

»Was Diebstahl ist.«

»Nein, denn ihr habt gegen Zollvorschriften verstoßen. Wertvolle elektronische Geräte sind bei der Einreise zu deklarieren.«

»Das sind doch keine wertvollen Geräte. Jedenfalls nicht im Sinne dieser Vorschriften.«

»Was mehr als das Jahresgehalt eines Arbeiters in diesem Land kostet, ist wertvoll.«

»Wir haben die Smartphones ja nicht eingeführt. Wir wollten sie nicht verkaufen.«

»Ihr hattet sie dabei.«

»Das ist etwas anderes.«

»Papa, du bist hier nicht in einem deutschen Gerichtssaal. Es geht nicht darum, ob ihr zu Recht oder zu Unrecht beschuldigt werdet. Sieh dich um, ihr seid zu siebt, und in den Augen von Gobane habt ihr es verdient, noch heute zu sterben, egal ob ihr nun gegen Zollvorschriften verstoßen habt oder nicht.«

»Wenn das so ist, warum dann das ganze Gerede über Vergehen und Verstöße?«

»Das kommt vom Polizeigeneral. Er muss sein Gesicht wahren. Glaub mir, es besteht eine gute Chance, dass wir die ganze Geschichte hinter uns bringen, ohne dass irgendjemandem ein Haar gekrümmt wird.«

Ich zuckte die Achseln. »Ich verstehe kein Wort. Aber gut, was muss ich tun?«

»Zunächst einmal musst du ein Geständnis ablegen und dich reuig zeigen.«

»Was muss ich gestehen?«

»Den Verstoß gegen die Zollvorschriften hatten

wir schon. Der nächste Punkt ist ein wenig delikater. Auf dem Smartphone sind Fotos von dir und Ines beim Sex. Selfies, offenbar. Das wird als grobe Unsittlichkeit betrachtet. Die Tatsache, dass Ines einen Hijab dabei trug, als pure Blasphemie. Ich glaube, wir können uns weitere Details ersparen.«

»Wie wäre es mit Privatsphäre? Wir haben diese Fotos ja nicht veröffentlicht«, warf ich ein.

»Es macht keinen Unterschied, Papa.«

Ich nickte.

»O.k. Was noch?«

»Es kommt noch der Hauptvorwurf.«

»Mach's nicht spannend.«

»Sie verdächtigen euch, als Spione ins Land gekommen zu sein.«

Diese Bemerkung rief mir Ralfs Geschichte vom Vorabend ins Gedächtnis.

»Haben wir ihnen irgendeinen Grund gegeben, das von uns zu denken?«

»Ihr habt euch so auffällig für alte Kulturdenkmäler und Immobilien interessiert.«

Ich schnappte nach Luft. Erik fuhr fort, ehe ich nutzlose Einwände erheben konnte.

»Der Hauptgrund aber ist, dass ihr fliehen wolltet.«

»Fliehen? Wir wollten abreisen.«

»So hat es wirklich nicht ausgesehen, Papa.«

Ich musste ihm recht geben, zumindest in diesem einen Punkt. Ich stieß einen Seufzer aus.

»Ich gestehe also in allen Punkten, und was geschieht dann?«

»Diese Männer in Kampfanzügen sind Gobane ergeben. Sie brauchen eine Trophäe, die sie ihrem Herrn bringen können. Eure Köpfe zum Beispiel.«

Die Kälte, mit der Erik das sagte, fuhr mir in die Glieder. Es bestand nicht der geringste Zweifel daran, dass er es wörtlich meinte. Ich musste mich einen Moment sammeln, bevor ich mich traute, die entscheidende Frage zu stellen.

»Was könnte Gobane davon abhalten, uns zu töten?«

In diesem Moment begann ein Geschrei im Haus, das wir nicht gleich zuordnen konnten. Die Vermummten hatten den anderen Geiseln befohlen, sich in einer Reihe hinzuknien und die Hände hinter den Köpfen zu verschränken. Ich war sicher, gesehen zu haben, wie einer der Vermummten den Polizeigeneral anfuhr, der daraufhin, wie immer sehr um seine Würde bemüht, gemessenen Schritts zu uns in den Garten kam und sich etwas entfernt von uns hinstellte.

»Die Unterredung sollte nun beendet sein«, sagte er.

»Ist sie«, sagte Erik, ließ mich alleine stehen und ging ins Haus.

Der Polizeigeneral näherte sich mir langsam. Als er ganz dicht vor mir stand, sagte er:

»Dein Sohn hat mir gesagt, du bist gut für drei Millionen Dollar. Drei Millionen Dollar könnten Gobane milde stimmen. Aber es müsste schnell gehen.«

Es gibt verschiedene, seltene Gelegenheiten, zu denen der Wert eines Menschenlebens in einer einzigen Geldsumme taxiert wird. Scheidungen und Erbschaften gehörten dazu, und wie ich nun lernte, auch Geiselnahmen, denn die Sätze des Polizeigenerals unterschieden sich nicht sehr von denen der Scheidungsanwälte meiner Frau. Ich wurde angewiesen, mich in eine Reihe mit den anderen zu knien. Allen war ihnen ein Entsetzen ins Gesicht geschrieben, wie ich es zuvor noch bei keinem von ihnen gesehen hatte. Auch nicht bei Ines, die es ebenso wenig wie die anderen wagte, meinen Blick zu erwidern. Ich musste die Hände nicht hinter dem Kopf verschränken, denn es wurde mir mein Smartphone gegeben, ohne Anweisung oder Befehl, es verstand sich von selbst, was meine Aufgabe war. Ich rief die Kanzlei an, nannte meinen Namen und ließ mich zu Horst Strehle durchstellen. Wie immer war er an seinem Arbeitsplatz erreichbar. Ich stellte mir vor, wie er da saß, im Anzug mit Krawatte, in seinem aufgeräumten, sauberen Anwaltsbüro.

Ich sagte: »Ich knie auf dem Fußboden einer Ferienvilla in den Tropen. Ein vermummter Mann mit einer Kalaschnikow steht vor mir. Ich brauche jemanden, der mir dabei hilft, mein gesamtes Vermögen auf ein Konto zu transferieren, das mir gerade genannt worden ist.«

Schweigen in der Leitung. Es waren die seltsamsten Sätze, die ich jemals in einen Telefonhörer gesprochen hatte. Vermutlich auch die seltsamsten, die Horst je gehört hatte.

»Hartmut? Bist das wirklich du?«

Er ahnte nicht, wie sehr ich mir selbst die gleiche Frage stellte.

»Ja, bin ich. Wie du weißt, habe ich zuletzt meine Anteile an der Kanzlei verkauft. Das Geld liegt auf einem Konto, das ich dir gleich durchgeben werde. Du musst dieses Geld auf ein Konto in Nairobi überweisen.«

»Dazu brauche ich Vollmachten.«

Genau deshalb hatte ich seine Nummer gewählt. Ich wusste, er würde die Sache innerhalb kürzester Zeit als einen Fall betrachten, den es zu lösen galt.

»Die bekommst du. Einen Augenblick.«

Ich unterbrach das Telefonat und erklärte dem Polizeigeneral, was ich brauchte: ein Faxgerät und einen Computer, um zu skypen. Er schien mit so etwas gerechnet zu haben, jedenfalls brachte es ihn nicht aus dem Konzept.

»Wir fahren zu Mister Jacks Büro«, sagte er. Er gab mir ein Zeichen aufzustehen. Ines und die anderen sahen mich an, als würde ich freigelassen, denn allein schon von diesem Fußboden aufstehen zu dürfen, kam ihnen so vor. Ich warf Ines einen Blick zu, der ihr bedeuten sollte, ich würde sie nicht im Stich lassen. Sie verstand. Jedenfalls nickte sie kaum merklich.

Der Polizeigeneral ging mir voraus, die Bewaffneten blieben bei den Geiseln im Haus. Der Polizeigeneral trug eine Dienstpistole in einem zugeknöpften Lederhalfter. Es war nicht sehr wahrscheinlich, dass es mir gelingen würde, ihm diese Waffe zu entreißen und sie ihm an die Schläfe zu halten. Doch selbst wenn, woher wusste ich, ob dies den Männern nicht genau der Vorwand gewesen wäre, ein Blutbad anzurichten, den sie suchten? Also ging ich brav hinter ihm her. Er entriegelte das Tor und zog es auf. Dahinter standen vier Kampfanzüge mit Kalaschnikows und ein Jeep, an dessen Steuer Mister Jack saß. Einer der Milizen riss die Beifahrertür auf, ein anderer schob mich in den Wagen. Der Polizeigeneral und zwei der Leute setzten sich auf die Rückbank.

»Warum sind Sie denn hier?«, fragte ich Jack.

»Du. Wir sind doch per Du. Ich bin gerufen worden. Sie haben gesagt, du brauchst ein Fax und einen Computer.«

»Warum bist du frei und ich nicht? Du steckst doch mit denen unter einer Decke.«

»Alles geht sehr schnell und unkompliziert vorbei, wenn du jetzt keinen Zirkus machst. Es ist allein eure Schuld, dass es so weit gekommen ist.«

»Wie bitte?«

»Man muss versuchen, sich zurückzuhalten, wenn man in ein fremdes Land kommt. Man muss sich den Gepflogenheiten anpassen. Wenn man das nicht tut, muss man am Ende die Rechnung bezahlen. Wir können von Glück sagen, wenn ich euch da alle heil wieder rausbekomme.«

Wir fuhren wieder die Sandstraße am Strand entlang.

»Fahren wir zum Hotel?«, fragte ich.

»In meinem Büro ist alles, was du brauchst.«

»Ich denke, auf dieser Insel tobt ein Aufstand? Ich habe den Volksauflauf vor dem Hotel gesehen!«

»Sagen wir so: Die Lage ist angespannt, aber unter

Kontrolle. Wenn du jetzt keine Fehler machst, wird alles gut ausgehen. Wenn du Scheiße baust, gibt es ein Blutbad. Es mag dir nicht so vorkommen, aber das hängt allein von dir ab.«

»Scheiße bauen? Ich bin eine Geisel. Ich werde gerade um mein gesamtes Vermögen erpresst. Ich und die anderen werden mit dem Tod bedroht.«

»Ja, aber noch bist du eine lebende Geisel. Wenn die Sache schiefgeht und das Geld nicht rechtzeitig da ist, wird Gobane sich rächen, und er wird sich nicht mit euch begnügen. Er wird die ganze Insel in Blut ertränken. Du ganz allein hast es in der Hand, das zu verhindern.«

Obwohl ich wusste, dass ich in Gefahr war, sicher auch in Lebensgefahr, gab es etwas in mir, das die Worte Mister Jacks anzweifelte. Irgendetwas ließ sie mir seltsam unglaubwürdig erscheinen. Er war schon einmal als großer Betrüger verurteilt worden. Was, wenn er dies alles als Show inszenierte, um mir mein Geld abzuknöpfen, und es diesen Gobane gar nicht gab? Ich würde es nicht herausfinden, ohne Ines und unsere Leidensgenossen ans Messer zu liefern. Es blieb mir also nichts anderes übrig, als mein Versprechen einzulösen.

Ich skypte mit Horst. Er sah so aus, wie ich ihn das letzte Mal gesehen hatte, aber mein Anblick schien ihn zu schockieren. Wir hielten uns nicht lange damit auf, sondern erledigten, was nötig war, um die Summe von drei Millionen Dollar auf Mister Jacks Konto in Nairobi zu überweisen. Ich musste dafür allerdings auch ein Darlehen von Horst in Anspruch nehmen und ihm versprechen, dass ich mit meiner Wohnung dafür geradestand. Das tat ich natürlich, in der Hoffnung, ich würde andere Wege finden, ihm das Geld zurückzahlen zu können. Erstaunlich schnell bekamen wir die Nachricht, das Geld sei angewiesen. Horst wünschte mir Glück. Jack telefonierte mit seiner Bank in Nairobi. Wir mussten eine Weile warten, doch dann kam die Rückmeldung, mit der die Anweisung bestätigt wurde. Ich war maßlos erleichtert. Jack aber nicht.

»Das wird Gobane nicht genügen.«

»Warum nicht? Das Geld ist unterwegs.«

»Gobane weiß nicht, was eine Anweisung ist. Geld auf einem Konto in Nairobi, das sagt Gobane nichts. Er will das Geld in seinen Händen haben. Dann wird er auch Wort halten.«

»Und wie schaffen wir das?«

»Ich weiß nur eine Möglichkeit: Erik.«

Schon während er das sagte, holte er sein Smartphone hervor und tippte darauf herum. Er stellte es laut, wir hörten das Freizeichen, bis jemand abnahm.

»Ja?«

Musik war im Hintergrund zu hören.

»Erik? Bist du's?«, fragte Jack.

»Ja. Ich bin's. Was gibt's? Irgendwas nicht in Ordnung?«

»Sind Gobanes Leute nicht mehr bei dir?«

»Nein, sie sind gestern Abend abgezogen. Imani und ein paar Leute sind hier. Wir frühstücken. Wollt ihr vorbeikommen?«

»Erik, hier ist dein Vater. Hast du völlig vergessen, in was für einer Lage wir stecken? Sieben Geiseln müssen um ihr Leben fürchten, einschließlich Ines und mir, und du nimmst dir Zeit für ein entspanntes Frühstück.«

»Wenn du mir sagst, was ich sonst tun kann?«

»Es gibt tatsächlich etwas, was du tun könntest«, ging Mister Jack dazwischen. Er schaltete den Lautsprecher aus und legte das Handy ans Ohr. Jetzt beinahe im Befehlston erläuterte er Erik die Mission. Ich hörte nicht, wie Erik reagierte, aber er schien schnell erfasst zu haben, was Jack von ihm erwartete, denn das Gespräch dauerte nicht sehr lange.

»Wird er es tun?«, fragte ich Jack, nachdem er aufgelegt hatte.

»Natürlich wird er es tun. Was bleibt ihm anderes übrig?«

»Er riskiert vielleicht sein Leben.«

»Er weiß, dass es so oder so in Gefahr ist.«

Jack brachte mich nach Kiani Village zurück zu den anderen. Sie knieten nicht mehr am Boden, sondern saßen nun aufgereiht an den Wänden im Hausinneren. Als ich hereinkam, warfen sie mir begierige Blicke zu. Sie hofften, ich brächte ihnen die Freiheit, aber ich hatte nur eine verrückte und merkwürdige Geschichte zu erzählen. Immerhin erlaubten mir die Wächter, wenigstens das zu tun. Ich schilderte, was geschehen war, und endete damit, dass Erik nun in einem Auto nach Nairobi unterwegs war, um drei Millionen Dollar in bar abzuholen. Sofort begannen wilde Spekulationen. »Wahrscheinlich hast du deinen Sohn in den Tod geschickt«, sagte Thomas.

In seiner Bescheidwisserei machte er auch nicht davor halt, den Tod meines Sohnes vorauszusehen. Ich hätte ihm gern eine reingehauen, doch die anderen zogen sofort nach, Räuber könnten schon jetzt hinter ihm her sein und ihn überfallen, sobald er das Geld von der Bank geholt hatte. Es gab genug Leute, die Wind von seiner Mission bekommen hatten. Kein Zweifel, seine Aufgabe war lebensgefährlich. Was hatte ihn veranlasst, sie dennoch auf sich zu nehmen?

»Er will dein Retter sein. Es ist die Liebe zu seinem Vater«, schwärmte Minka.

Ich nickte, behielt aber meine Zweifel für mich. Was, wenn es Gobane gar nicht gab? Oder es ihn schon gab, jedoch Erik und Mister Jack gemeinsame Sache mit ihm machten? Oder sie Erik in der Hand hatten und er gezwungen war, sein Leben zu riskieren? Ich hatte keinerlei Beweise für irgendeine dieser Annahmen. Sie waren alle infam. Wie kam ich dazu, meinem eigenen Sohn zu unterstellen, er inszeniere eine Erpressung gegen mich, die ihn und seine Kumpane in den Besitz meines gesamten Vermögens brachte? Es war nicht auszuschließen, dass es sich so verhielt, und dies allein genügte mir. Die anderen aber stimmten in das Lob auf Erik ein. Sie beschrieben, wie gut und ehrlich er sei, wie beständig und zuverlässig und wie geschickt darin, zwischen den Einheimischen und den hier siedelnden Deutschen zu vermitteln.

»Mister Jack sucht sich seine Leute genau aus«,

sagte Ralf. »Erik hat das Zeug zu seinem Stellvertreter. Er ist es in gewisser Weise schon. Er hat eine große Zukunft vor sich.«

Mir kamen diese Sätze geradezu unwirklich vor. Wir waren Geiseln, die auf dem Fußboden kauernd auf ihr Überleben hofften, doch Ralf redete, als habe er nicht den geringsten Zweifel am glimpflichen Ausgang dieser Sache. So, als wäre das alles nur eine Unannehmlichkeit, die sie überstehen mussten, bevor sie wieder in die Boko-Boko-Bar zurückkehren konnten, um weiter in der Sonne zu brüten.

Sechs Stunden einfach dauerte die Fahrt, die Erik auf sich nahm. Ich wusste, er sagte, das sei nicht gefährlicher als sechs Stunden in Deutschland im Auto zu sitzen. Zum Teil andere Gefahren vielleicht, aber keine größeren. Doch es ließ mir keine Ruhe: Warum nahm er sie auf sich? Um seinen Vater zu retten oder um ihn fertigzumachen? So oder so war es ihm die Sache wert, auf dem Rückweg sechs Stunden lang mit drei Millionen Dollar im Kofferraum als eine Art lebender Lottogewinn durch den Busch zu fahren.

»Ist er bewaffnet?«, fragte Thomas ausgerechnet mich.

»Ich habe keine Ahnung.«

»Aber natürlich ist er bewaffnet. Mister Jack würde ihn niemals ohne Knarre reisen lassen«, erklärte Ralf. Von den anderen kam zustimmendes Gemurmel.

Wir rechneten und kamen darauf, dass Erik in Nairobi übernachten musste und wohl erst am nächsten Morgen die Bank aufsuchen konnte. Es war für ihn sicher auch besser, die Rückfahrt mit dem Geld bei Tageslicht anzutreten. Für uns bedeutete das, wir würden frühestens am Nachmittag des nächsten Tages freikommen, also in etwa achtzehn Stunden. Vielleicht weil sich ein gutes Ende unsere Gefangenschaft andeutete, sorgten die Wachen für einige Erleichterungen. Sie brachten uns Decken und ein paar Gaslampen. Nach Anbruch der frühen Dunkelheit machten sie ein heimeliges Licht. Ines und ich bauten uns unter dem Vordach der Terrasse ein Lager, das uns ein wenig Privatheit ermöglichte. Aus Blechnäpfen löffelten wir den zähen braunen Bohneneintopf und machten uns gegenseitig Mut. Wer uns zu essen gab, Licht und Decken, konnte nicht vorhaben, uns in den nächsten Stunden abzuschlachten. Natürlich wussten wir, dass das nicht stimmen musste, aber wir redeten es uns ein.

Ich sah zum Himmel hinauf, einem wolkenlosen Sternenhimmel, der aussah wie eine vergrößerte Darstellung unseres heimischen Himmels im Planetarium. Es war der prachtvollste Sternenhimmel, den ich je gesehen hatte, aber natürlich hatte er keinerlei Bedeutung, auch wenn ich mir das sehr gewünscht hätte.

Ich wusste selbst nicht genau, warum, aber ich empfand plötzlich Reue. Ich empfand das tiefe Bedürfnis, mich zu entschuldigen. Nicht bei jemand Bestimmtem, nein, bei allen. Ich entschuldigte mich bei Ines, stellvertretend für alle, bei denen ich mich meinte entschuldigen zu müssen. Sie lächelte. Ängstlich fragte ich mich, ob dies ein Anflug von Spott sei.

»Warum entschuldigst du dich bei mir?«, fragte sie.

»Weil ich dich in all dies hier hineingeritten habe.«

»Das bin ich schon selbst gewesen.«

»Du hast es kommen sehen?«

»Nein, natürlich nicht. Aber ich war bereit, das Risiko einzugehen.«

»Aber warum?«

»Ich wollte wissen, wie Erik ist, was er für ein Mensch ist.«

»Das ist dir wohl eher nicht gelungen. Wir haben ihn ja kaum zu Gesicht bekommen.«

»Es ging mir dabei weniger um ihn. Ich wollte wissen, was das für eine Beziehung zwischen euch ist. Warum du so in ihn vernarrt bist. Warum du so hinter ihm her bist, ihn mit deiner herablassenden Liebe bis nach Afrika verfolgst.«

Ich fand ihre Interpretation bemerkenswert, auch wenn ich nicht wusste, ob sie damit recht hatte.

»Und hast du die Antwort gefunden?«

»Sagen wir so: Sie ist etwas anders ausgefallen, als ich dachte. Jetzt würde ich sagen, du bist vor allem hinter dir selbst her.«

Ich verstand ihre Antwort nicht recht, doch sie klang enttäuscht und abweisend.

»Warum hat dich das so sehr interessiert?«, fragte ich.

»Dass du mich das fragen musst, ist in gewisser Weise Teil des Problems.«

Noch eine Zurückweisung. Jedenfalls verstand ich

ihre Antwort so. Ich suchte nach ihrer Hand. Sie entzog sie mir nicht, doch ich fragte mich, was jetzt aus uns werden würde.

»Glaubst du, er kommt?«, fragte ich Ines.

»Er setzt sein Leben dafür aufs Spiel. Mehr kannst du nicht verlangen.«

»Ich verlange gar nichts von ihm!«

Ich war empört, dass sie das behauptete, und doch fing ich an, erschrocken darüber nachzudenken, als hätte ich etwas übersehen. War es vielleicht wirklich so? Tat Erik etwas Ungeheuerliches, nur mir zuliebe, nur um mich für sich zu gewinnen?

»Es könnte ebensogut sein, dass dies alles nur ein abgekartetes Spiel ist, das er und seine Mutter gegen mich inszeniert haben, um mir mein ganzes Geld wegzunehmen, und was gerade stattfindet, ist nur der letzte Akt.«

»Kannst du hören, wie verrückt das klingt? Um an deinen Zaster zu kommen, schreckt deine Ehefrau auch nicht davor zurück, euren Sohn zu instrumentalisieren und mit afrikanischen Warlords gemeinsame Sache zu machen?«

»Haben wir diesen Gobane jemals gesehen? Wer sagt, dass es ihn wirklich gibt? Er könnte ebensogut eine Erfindung von Mister Jack sein. Von Mister Jack, dem Polizeigeneral und Erik.«

Sie sah sich um, als vergewissere sie sich, dass niemand sie hören konnte.

»Psst! Du musst dir mal vorstellen, was die anderen dächten, wenn du ihnen jetzt damit kämest,

Gobane existiere gar nicht. Sie würden glauben, du seist verrückt geworden. Anophelesmücke. Malaria. Meschugge.«

Ich wollte nicht weiterreden. Sie hätten mich tatsächlich für verrückt gehalten, wenn ich bei meiner Theorie geblieben wäre. Aber wer sagte, dass sie recht hatten und ich nicht, nur weil sie der Realität, so wie sie sich ihnen präsentierte, mehr vertrauten als ich? Was wäre so verkehrt daran, wenn der Junge nun endlich seine Chance genutzt hätte, dem Mann, der ihn sein Leben lang unterdrückt hatte, ein für alle Mal zu entmachten? Es war nicht ausgeschlossen, dass Erik das so sah. Er sagte es nicht, aber es fiel mir leicht, mir vorzustellen, dies seien seine Gedanken. Es ging mir nicht darum, möglichst argwöhnische Gedanken gegen Erik zu formulieren. Ich konnte noch nicht einmal wirklich behaupten, dass ich ihn verdächtigte. Nur, dass seine Teilnahme an einem Komplott gegen mich nicht ausgeschlossen war, und dass mir dieser Gedanke natürlich erschien, und ich ihn auf einer tieferen Ebene meines Bewusstseins sogar begrüßte, das erschien mir nicht abwegig. Wenn man schon untergehen muss, kann man zumindest Genugtuung empfinden, genau damit einem eigenen Nachkommen den Weg zu ebnen. Aber wie gesagt, es blieb mir nichts anderes, als all dies für mich zu behalten.

»Hoffentlich kommt er gesund zurück«, sagte ich.

Ines drückte meine Hand.

»Ich bin mir ganz sicher«, sagte sie.

Wie konnte sie sicher sein?, fragte ich mich. Und im nächsten Moment: War auch sie Teil dieses Komplotts? Ich wusste, es war eine gefährliche Linie, die ich mit solchen Fragen überschritt. Vielleicht stellte ich sie nur, weil ich nicht ertragen konnte, dass geschah, was geschah, ohne tieferen Sinn, ohne Plan, dass ich all mein Geld verlor und ich und ein paar andere dafür ihr Leben behalten durften, sofern wir nicht vorher doch noch abgeknallt wurden.

Die Nachtstunden verbrachte ich in einem fiebrigen Halbschlaf. Ich fürchtete, mich mit Malaria infiziert zu haben, aber Ines erklärte mir zum wiederholten Male, das sei aufgrund unserer Prophylaxe nahezu ausgeschlossen. Das Wort »nahezu« wuchs sich in meinen wirren Gedanken zu einem gewaltigen Monstrum aus, das alles in sein Gegenteil verkehrte.

Am Morgen wurden uns noch mal zäher brauner Brei und Wasser gebracht. Die Wachen stellten alles in den Eingang. Sie sahen uns gar nicht mehr an, sie waren wütend, weil sie von ihrer Beute ablassen mussten. Das stimmte mich hoffnungsfroh. Am Nachmittag hörten wir, wie das Einfahrtstor von außen geöffnet wurde. Sie schoben es zur Seite und sie kamen herein. Es musste Erik sein, dachten wir, auch wenn wir ihn noch nicht sahen. Und dann kam er herein, er vorneweg, etwas dahinter, links und rechts von ihm, Mister Jack und der Polizeigeneral, wie drei siegreiche Westernhelden. Genau das dachte ich:

»Siegreich. Sie haben gesiegt.«

Eriks Augen suchten mich, er steuerte auf mich zu,

schloss mich in seine Arme, fest und herzlich, ohne Vorbehalt. Erst als er mich losließ, sagte er zu uns allen:

»Es hat geklappt. Ich habe Gobane das Geld übergeben, und er ist mit seinen Leuten abgezogen. Er hat sogar erklärt, Kiani Island künftig als Schutzzone zu betrachten.«

Besonders der letzte Satz löste Zungenschnalzen und Bewunderung aus, die Einwohner von Kiani Village waren in der Stimmung, ihn hochleben zu lassen. Als Ines und Erik sich umarmten, konnte ich nicht umhin, ein weiteres Mal zu denken: Was, wenn alles ganz anders war? Gobane eine Erfindung, vielleicht nicht ihre eigene, aber doch eine, die sie sich zunutze machten, um an mein Geld zu kommen und die gesamte Insel zu kontrollieren, ihren Bewohnern vorzumachen, sie beschützten sie.

Mister Jack kam zu mir.

»Es gibt nicht viele Menschen, die bereit sind, für andere das zu tun, was du getan hast«, sagte er. »Dein Sohn ist ganz offensichtlich vom gleichen Schlag.« Er schüttelte mir innig die Hand.

Der Polizeigeneral händigte Ines ihr Smartphone aus. Sie musste sichtlich an sich halten, um ihn nicht mit Vorwürfen zu überhäufen. Stattdessen bedankte sie sich.

»Wir können gehen? Wir können jetzt wirklich gehen?«, fragte Minka aufgelöst vor Erleichterung.

»Die Insel ist sicher«, sagte Mister Jack mit einer gewissen Großartigkeit. Die Verabschiedung fiel nicht besonders überschwänglich aus, beinahe so, als schämten sich alle voreinander und wollten möglichst schnell zurück in ihr normales Leben.

Niemand erwähnte die Tatsache, dass ich gerade mein gesamtes Vermögen zu unserer Rettung hingegeben hatte. Keiner wollte auch nur in die Nähe einer Verpflichtung geraten, mir etwas zurückgeben zu müssen.

Erik brachte Ines und mich ins Hotel. Ines, die vollkommen erschöpft schien, wollte sofort aufs Zimmer. Ich fragte Erik, ob er noch einen Tee mit mir auf der Dachterrasse trinken wolle. Er bejahte, wir bestellten in der Lobby und traten hinaus aufs Dach. Von dort aus konnte man die Stadt übersehen. Es war nicht viel höher als die anderen, aber doch hoch genug, um einen weiten Blick zu haben. Ich hielt Ausschau nach bewaffneten Männern, Tumulten, auffälligen Szenen. Ich sah nichts dergleichen. Es waren vielleicht ein bisschen weniger Menschen auf den Straßen als gewöhnlich. Die, die ich sah, wirkten nicht verängstigt, nicht so, als hätten sie gerade eine Belagerung überstanden.

»Hier also«, sagte Erik, als wir uns setzten und uns der Tee gebracht wurde.

»Was meinst du?«

»Hier also habt ihr die Fotos gemacht.«

»Du hast sie gesehen? Warum?«

Das war mir unendlich peinlich. Er musste einfach tiefer in der Sache stecken, als mir bekannt war.

»Der Polizeigeneral hat sie mir gezeigt, zu Identifikationszwecken.«

Es blieb mir nichts erspart. Ich hatte als Bild vor

mir, wie sich der Polizeigeneral und mein Sohn über diese Fotos beugten, um möglichst viele Details zu erkennen. Zur Identifikation.

»Und, hast du mich erkannt?«

Er lächelte.

»Ja, natürlich.«

»Das heißt, du hast dem Polizeigeneral geholfen, mich zu überführen.«

»Er wusste doch sowieso, dass du das warst. Das war ja zweifelsfrei zu erkennen. Er wollte herausfinden, ob ich dich in Schutz nehme.«

»Und das hast du nicht getan?«

»Sagen wir so: Indem ich es nicht getan habe, habe ich es getan.«

Indem ich es nicht getan habe, habe ich es getan. Diese Absurdität beschrieb unsere Lage ziemlich genau. Erik wirkte auf mich, als wäre die Sache für ihn erledigt. Er sah sich um, blickte über die Dächer, so als würde jetzt etwas Neues beginnen.

Vielleicht war er ja jetzt ein reicher Mann.

»Denkst du, ich lasse diese Sache auf sich beruhen?«, fragte ich ihn.

Er sah mich verständnislos an, zuckte die Achseln.

»Was willst du tun?«

»Mir mein Geld zurückholen.«

»Wie willst du das anstellen?«

»Ich werde die Behörden einschalten, das Auswärtige Amt. Ich werde nicht eher ruhen, bis ich mir wiedergeholt habe, was mir gehört, wofür ich ein Leben lang gearbeitet habe.«

Ich sah das leise Bedauern in seinem Gesicht, das man für jemanden empfindet, der sich verrannt hat.

»Was auch immer du tust, bitte unternimm nichts, bevor du außer Landes bist. Ich kann sonst für nichts garantieren, Papa«, sagte er. »Ich muss jetzt gehen.«

Der Abschied kam abrupt und überraschend, zumindest für mich. Ich hatte gehofft, es würde eine Lösung geben oder wenigstens einen gemeinsamen Schlachtplan, aber Erik war daran nicht interessiert, für ihn war die Geschichte erledigt, schon Vergangenheit.

Wir gingen die schmale Leiter hinunter ins Treppenhaus des Hotels.

»Willst du dich nicht noch von Ines verabschieden?«

»Sie duscht sicher gerade. Oder schläft schon. Grüß sie von mir.«

Ein letztes Mal umarmten wir uns, aber er war schon fort, als wir es taten.

Von der Balustrade aus beobachtete ich, wie er unten zu seinem Wagen ging. Ich wiederholte mir die Sätze des Abu l-'Ala' al Ma'arri:

Dieses Verbrechen hat mir mein Vater angetan
Ich habe niemandem dieses Verbrechen angetan.

Am nächsten Morgen brachen wir auf nach Malindi. Die Rückkehr nach Deutschland verlief ohne Zwischenfälle.

10.

Wir waren nur eine Woche unterwegs gewesen, und doch, als wir zu Hause ankamen, kam es mir vor, als beträte ich die Wohnung eines Toten. Eines Toten, dessen Eigenheiten, Gewohnheiten ich gut kannte, ebenso wie seinen Einrichtungsgeschmack und viele andere Äußerlichkeiten. Darüber hinaus aber hätte ich nicht zu sagen gewusst, wer dieser Mann gewesen war.

Ines wollte einige Tage für sich verbringen, was ich nur zu verständlich fand, denn mir ging es nicht anders. Diese Woche mit ihren Ereignissen hatte uns vollkommen erschöpft. An sich hätten wir in medizinische Betreuung gehört, doch ich hatte keine Lust, unsere Geschichte an die große Glocke zu hängen. Vor allem graute mir davor, als belächelte Randnotiz mit ihr in die Medien zu gelangen.

Als sich Ines mit einem flüchtigen, beinahe erleichterten Kuss von mir verabschiedete, war ich ganz allein, endlich, und konnte anfangen, in Ruhe über meine Lage nachzudenken. Ich saß auf einem Sofa aus Büffelleder in einer Wohnung, die mir bald nicht mehr gehören würde. Ich musste sie verkaufen, um meine Schulden bei Horst zu bezahlen. Er würde mir eine Gnadenfrist lassen, aber sicher keine lange. Ich musste jetzt anfangen, mein Leben neu zu erfinden, denn von meinem alten existierte nur noch diese abgestorbene Hülle aus saturierter Distinktion, die ich bald abstreifen musste. Ich hätte nicht erklären können, warum, aber ich empfand das brennende Verlangen, Carla, Stefanie und Michael wiederzusehen. Ich wollte ihnen von Erik erzählen, sie nach ihrer Meinung fragen, ob er mich übers Ohr gehauen oder aber gerettet hatte. Wer außer ihnen sollte das beurteilen können? Oder war alles ganz anders und am Ende auch meine Exfrau an der Sache beteiligt? Aber vielleicht konnten mir Stefanie und Michael erklären, was in Erik vorging. Ich war nervös und voller Tatendrang, und doch wusste ich nicht, wo ich anfangen sollte.

Ich telefonierte mit Ines. Noch zu Beginn dieses Jahres war sie meine Assistentin gewesen und ich ihr Chef. Wie hatte sie mich damals beeindruckt! Und wie sehr beneidete ich sie schlicht darum, dass ihr Leben noch vor ihr lag, sie sich dessen bewusst war und keinen Zweifel daran ließ, dass sie das Beste daraus machen würde. Wie ich es geliebt hatte, wenn sie zu mir ins Büro kam und voller Ideen den Terminkalender des Tages mit mir durchgegangen war.

»Warst du schon beim Arzt?«, fragte sie.

Ich erschrak, wie ich immer erschrak, wenn von Ärzten die Rede war, und verneinte.

Sie ermahnte mich, ein Arztbesuch sei, nach allem

was wir erlebt hatten, unbedingt notwendig, und ich versprach ihr zu gehen. Ich hatte ja auch sonst nichts mehr zu tun.

Am nächsten Morgen setzte ich mich in meinen Wagen und fuhr ohne Termin zu dem Tropenarzt, den ich vor unserer Reise aufgesucht hatte. Vor langen Wartezeiten hatte ich keine Angst, ganz im Gegenteil, sie würden das Gefühl, überflüssig geworden zu sein, überdecken. Ich nahm einen Weg, der mich an der Kanzlei vorbeiführte. Es war ein gespenstischer Moment, als ich vorüberfuhr und fürchtete, jemand könnte mich erkennen.

Ich verbrachte beinahe den gesamten Vormittag im Wartezimmer, bevor ich an die Reihe kam. Der Arzt konnte sich erst an mich erinnern, als er in seine Akte sah.

»Übelkeit, Fieber, Durchfall, Wahnvorstellungen?«, fragte er mich.

»Ich glaube nicht«, antwortete ich.

Mit einem Anflug von Missbilligung sah er mich an.

»Ungeschützter Geschlechtsverkehr?«

»Ja.«

»Also doch!«

»Nein, mit meiner Freundin.«

»Wie oft?«

»Einmal.«

Hochgezogene Augenbrauen. Ich erzählte ihm von der Geiselnahme, die ganze Geschichte. Es brach förmlich aus mir heraus, er nickte und brummte begleitend zu meiner Erzählung, als sei das alles nichts

Neues für ihn. Doch ebendies, dachte ich, konnte unmöglich der Fall sein. Als ich fertig war, sagte er:

»In diesen Ländern passieren die seltsamsten Dinge, ohne dass irgendjemand Notiz davon nimmt. Seien Sie froh, dass Ihnen nichts passiert ist, dass überhaupt niemandem ein Haar gekrümmt wurde, wenn ich das richtig verstanden habe.«

»Sie haben den Massai vergessen«, sagte ich.

»Nein, habe ich nicht. Es gibt keinerlei Hinweis darauf, dass er mit dem Rest der Geschichte etwas zu tun hat, oder doch?«

Ich musste ihm recht geben. Mir erschien der Zusammenhang logisch, evident, offensichtlich, und auf Kiani Island fand man wohl niemanden, der das anders gesehen hätte. Aber nach den Regeln, die in unserem Land galten, gab es keinerlei Beweise dafür.

»Ich werde beim Auswärtigen Amt vorstellig werden, ich will versuchen, mein Geld wiederzubekommen.«

Ich hatte das nicht wirklich vor, ich wollte nur hören, ob der Arzt darauf so reagierte, wie ich es mir vorstellte. Er sah mich ganz genau an, als suche er nach versteckten Anzeichen für irgendetwas, und schwieg dabei länger, als mir lieb war.

»Wollen Sie meinen Rat hören?«

»Darum rede ich mit Ihnen.«

»Tun Sie's nicht.«

»Warum nicht?«

»Alles, was Sie damit erreichen, ist, Ihren Sohn in Gefahr zu bringen.«

»Wieso das denn?«

»Stellen Sie sich vor, es kämen plötzlich Regierungsvertreter auf die Insel. Männer, deren Macht weit über die von Gobane, Mister Jack und dem Polizeigeneral hinausgeht. Wenn sie in Bedrängnis kämen, gälte das erst recht für Erik, und sie könnten ihn vorschieben und opfern, um die Behörden zu besänftigen.«

»Dafür, dass Sie noch nie dort waren, scheinen sie die Verhältnisse ganz gut zu kennen.«

»Sie würden nicht glauben, wie viele Geschichten dieser Art ich schon gehört habe. Ich glaube, ich habe nur einen Rat für Sie: Söhnen Sie sich mit Ihrer Familie aus, mit jedem Einzelnen von ihnen, mehr können Sie nicht tun, und wenn es Ihnen gelingen würde, wäre das schon sehr viel.«

Die nächsten Tage verbrachte ich in der Wohnung. Ich unterdrückte den Impuls, so zu tun, als ginge ich morgens in die Arbeit. Ich ließ meine Anzüge im Schrank hängen und begnügte mich mit Jeans und T-Shirts. Es gab niemanden, dem ich etwas vormachen konnte. Nicht einmal jemanden, der sich auch nur ansatzweise dafür interessiert hätte. Das wenige Geld, das ich noch hatte, würde bald zur Neige gehen. Ich war gezwungen, etwas zu unternehmen. Also überlegte ich, mein Auto in Zahlung zu geben. Es war noch eine ganze Menge wert. Ich hatte keine Lust, meinem früheren Händler, bei dem ich mir alle zwei Jahre das neue Modell zu bestellen pflegte, mit der offensichtlichen Bitte um einen Notverkauf unter die Augen zu treten. Ich fuhr an einem Samstagmorgen zu einem Gebrauchtwagenmarkt auf dem Gelände eines ehemaligen Autokinos und versuchte mein Glück. Ein Mann, der behauptete, den Fuhrpark eines Sinti-Königs zu verwalten, bot mir längst nicht die Summe, die ein offizieller Händler erzielt hätte, aber er zahlte sofort und in bar. Mit einem Studentenrucksack voller Hunderterbündel wanderte ich auf dem Seitenstreifen einer Ausfallstraße zu Fuß nach Hause. Das Geld würde Monate reichen, vielleicht sogar für ein Jahr. Ein Jahr Zeit, um mir zu überlegen, was ich mit meinem Leben nun Neues anfangen konnte.

Die Treffen mit Ines empfand ich zunehmend als beschämend. Ich hatte meine Rolle verloren, meine Stellung, meine Position. Auch die ihr gegenüber. Sie beteuerte zwar, das mache ihr nichts aus, aber unsere Liaison büßte mehr und mehr ihren Reiz ein. In gewisser Weise war es eine Erleichterung für mich, als sie mir nach einigen Wochen eröffnete, sie habe ein Angebot von der Firma ihres Bruders bekommen, nach San Francisco zu gehen. In meinen Ohren klang das wie eine lächerliche Ausrede, aber ich äußerte keine Zweifel. Das Wort »Trennung« wurde nicht ausgesprochen, doch sie sagte, die Stelle sei zunächst auf zwei Jahre befristet, und obwohl es nahegelegen hätte, fragte sie mich auch nicht höflichkeitshalber, ob ich mitkommen wolle. Ich fuhr sie mit einem Leihwagen zum Flughafen. Ein letztes Mal wurde ich von dem einen oder anderen für ihren Vater gehalten. Meine Küsse erwiderte sie ohne Leidenschaft, und je näher der Abschied rückte, desto größer schien ihre Erleichterung darüber. Als ich, zurück auf dem Parkdeck, wieder im Auto saß, legte ich die Arme über das Steuerrad und heulte wie ein kleiner Junge eine halbe Stunde lang, so lange, bis ich nicht mehr konnte. Das tat sehr gut. Dann fuhr ich in die Kanzlei.

»Du siehst blendend aus!«, sagte Horst, als ich sein Büro betrat.

»Warum sagst du das?«, fragte ich ihn.

»Warum ich das sage? Weil es wahr ist!«

»Frau, Kinder, Freundin, Haus, Geld, alles ist weg. Das Komische ist nur: *Ich* bin immer noch da«, sagte ich.

Horsts absurdes Grinsen daraufhin werde ich nie vergessen. Als wäre er in einen rostigen Nagel gestiegen.

»Es wird schon wieder werden«, sagte er nur.

Ich schenkte mir einen Kommentar. Dann sprachen wir über den Kredit, den er mir gegeben hatte, und über die Modalitäten, nach denen ich ihm meine Wohnung zu übertragen hatte. Den Abschluss unserer Unterhaltung bildeten Mutmaßungen über das Strafverfahren, das uns alle betraf. Er sagte mir nichts Konkretes darüber, nur dass die Ermittlungen andauerten.

»Aber einstweilen kannst du weiter als Anwalt arbeiten. Was hindert dich daran, wieder auf die Beine zu kommen?«

»Ja, was hindert mich eigentlich daran!«

Wir verabschiedeten uns mit einem unbeholfen

förmlichen Handschlag voneinander. Ein Tritt in die Magengrube wäre genauso passend gewesen. Ich ging den ganzen Weg zu Fuß nach Hause.

In den folgenden Wochen bemühte ich mich darum, mit Carla, Stefanie und Michael in Kontakt zu treten. Sie lebten ihre Leben, in denen ich einmal die größte Rolle gespielt hatte. Ich hatte sie gar nicht verlassen, sie waren ihrer Wege gegangen. Nur Carla, das musste ich zugeben, hatte ich abserviert. Ich schrieb ihnen E-Mails, die sie nicht beantworteten. Erst als ich nachhakte und meinen Besuch bei Erik erwähnte, regte sich Interesse. Michael war der Erste, der zurückschrieb, Stefanie folgte nach. Am längsten dauerte es bei Carla, die aber die Erste war, die ich treffen wollte. Ich musste ihr Bericht erstatten, was unser ältester Sohn trieb. Zugegeben, die Vorstellung, sie könnte hinter der ganzen Sache stecken oder auch nur Teil davon sein, motivierte mich besonders. Allerdings mehr aus Neugier, denn aus Rache. Ich hatte nicht das Gefühl, an meinem afrikanischen Problem, wie ich es mittlerweile nannte, noch etwas ändern zu können. Carla wollte ich sehen, weil ich mir Frieden mit ihr wünschte. Genau das schrieb ich ihr, und sie hielt das zunächst natürlich für eine besonders perfide neue Masche, sie unter Druck zu setzen. Aber als ich nicht aufhörte zu beteuern, es sei mir ernst, ging sie schließlich darauf ein.

Wir trafen uns in einem Museum für zeitgenössische Kunst. Der Ort war ein Entgegenkommen von mir, ich wusste, in der großzügigen Atmosphäre solcher kultureller Einrichtungen fühlte sie sich besonders wohl. Für die Mischung von gut sortierten Museumsshops, originellem Design und raffinierter Kulinarik hatte sie definitiv eine Schwäche. Sie sah wundervoll aus, so als habe sie sich komplett von mir erholt, wie von einer Krankheit. Wir bestellten Getränke und Sandwiches, die Art, wie wir es taten, verriet schon, es würde auf ein kurzes Treffen hinauslaufen.

»Es deutete sich früh an, dass es so kommen würde«, sagte sie, während die Bedienung Tee für uns brachte.

»Was meinst du?«

»Klar weißt du nicht, was ich meine.«

Sie machte nicht viele Worte. Sie erklärte mir, mein beruflicher Werdegang habe mir Macht suggeriert, immer mehr Macht, und meinen wachsenden Einfluss hätte ich als Zeichen meiner natürlichen Überlegenheit missinterpretiert. Diese – in einem Wort: falsche – Selbstwahrnehmung wiederum habe wie ein unsichtbares, aber hochwirksames Gift all meine Beziehungen zerstört. Sie redete wie jemand, der stolz die Ergebnisse seiner Forschungen präsentiert.

Ich wollte nicht mit ihr diskutieren und fragte sie, wie es ihr gehe. Sie breitete ihre neuen Lebensumstände vor mir aus. Ein liebevoller Freund, guter Kontakt zu den Kindern, Fülle und Wohlstand, wohin der Blick auch schweifte. Triumphierte sie? Sicher, sie empfand Genugtuung, das war deutlich zu spüren, aber auch, dass sie in einem anderen, neuen Leben angekommen war, in dem ich nur noch als eine Erinnerung vorhanden war, die zusehends an Bedeutung verlor.

Über meine Reise nach Kiani Island und die Vorkommnisse dort wusste sie im Detail Bescheid. Erik hatte ihr alles erzählt.

»Was denkst du? Was soll ich unternehmen?«, fragte ich sie. Nicht, dass ich glaubte, sie könnte oder wollte mir helfen. Ich hoffte, etwas über sie und ihre Beziehung zu Erik zu erfahren, was ich noch nicht wusste.

»Wenn ich Erik richtig verstanden habe, ist dein Geld weg. Du hast ein paar Leuten das Leben gerettet und bist jetzt ein Held. Aber einen Terroristen auf Rückzahlung zu verklagen, das ist wahrscheinlich nichts, was du dir ernsthaft vornehmen solltest, oder?«

Was hatte ich erwartet? Worte des Bedauerns? Dass mir weiterer Hohn erspart blieb, war wohl das Beste, was ich erhoffen konnte. Und falls sie auf irgendeine Weise in die Sache verstrickt war, würde ich es nie erfahren.

»Ich weiß genau, was du denkst«, sagte sie.

»Was denn?«

»Du fragst dich, ob ich hinter der Sache stecke. Ich wäre an deiner Stelle vorsichtig mit so einer Vermutung. Jemand, der in einem afrikanischen Land in eine Geiselnahme gerät und glaubt, seine Exfrau stecke dahinter, steht mit mehr als einem Bein in der Psychiatrie.«

Da hatte sie wohl ganz und gar recht. Wenn man es so ausdrückte, klang es einfach nur verrückt. Als wir uns wenig später voneinander verabschiedeten, hatte sich das Kräfteverhältnis zwischen uns vollständig umgedreht. Sie war jetzt nicht mehr die sitzen gelassene

Ehegattin, sondern eine selbstbewusste Frau, die ihr neues, besseres Leben niemals wieder gegen jenes frühere mit mir eingetauscht hätte. Von all dem hingegen, was ich einmal gewesen war, schien nichts übrig. Ihre Küsschen zum Abschied hatten beinahe schon etwas Gönnerhaftes. Ich hielt es für sehr unwahrscheinlich, dass wir uns je wiedersehen würden.

Trotz allem war ich nicht unzufrieden mit unserer Begegnung. Aus irgendeinem Grund verschaffte mir der Gedanke daran Erleichterung und ermutigte mich, den Kontakt zu Michael und Stefanie zu suchen. Beide antworteten nur sehr zurückhaltend auf meine E-Mails, aber immerhin taten sie es.

Ich besuchte Michael in Tübingen und Stefanie in Berlin. Seine Schwiegereltern, die eine große Konditorei betrieben, hatten mich nie ausstehen können, weil sie glaubten, ich hielte mich für etwas Besseres. Meinen Vorschlag, eine Kanzlei mit mir gemeinsam zu betreiben, lehnte Michael rundweg ab. Ich war empört deshalb, schließlich hatte ich immer einige Ligen über ihm gespielt. Ich bat mir aus, er solle mir wenigstens einen Grund dafür nennen, aber auch das tat er nicht. Konnte er nicht oder wollte er nicht?

»Ich glaube, das würde einfach nicht so gut passen«, war alles, was ich von ihm zur Antwort bekam. Gekränkt und enttäuscht reiste ich nach Berlin zu Stefanie. Ich durfte bei ihr wohnen. Sie trieb sich viel mit Filmleuten herum. Ein Freund von ihr, der von sich behauptete, er schreibe Drehbücher, nannte meine Geschichte eine geniale Story, aus der man vielleicht etwas machen könnte. Stefanie gestand mir später, er habe noch nie irgendetwas geschrieben, was später auf die Leinwand gekommen sei.

Das Projekt, mit meiner Familie wieder ins Reine zu kommen, wäre auf ganzer Linie gescheitert, wäre nicht, einige Wochen später, eine E-Mail in meinem Postfach gelandet, die alles veränderte. Im Betreff stand: »Sendschreiben über die Vergebung«. Sie war von Erik.

Lieber Papa,
lange habe ich hin und her überlegt, ob ich Dir diese Mail überhaupt schreiben soll, nach allem, was Du hier erlebt hast, aber irgendwie käme es mir falsch vor, Dich nicht wenigstens wissen zu lassen, wie sich die Dinge entwickelt haben, seit Du fort bist. Gobane und seine Leute lassen die Insel seither in Ruhe. Wir befinden uns in Sicherheit, und das haben wir zu einem großen Teil Dir zu verdanken. Zugleich ist mir natürlich klar, dass diese Geschichte von Deinem Leben, wie Du es zu führen gewohnt warst, nichts übrig gelassen hat. Ich bin gestern Abend lange mit Mister Jack und dem Polizeigeneral zusammengesessen, und sie sind beide, wie ich, der Meinung, Kiani Island müsse Dir etwas zurückgeben. Vielleicht erinnerst Du Dich an Holm, den Hausmeister von Kiani Village. Bedauerlicherweise ist er vor wenigen Wochen, für uns alle überraschend schnell, seiner Krankheit erlegen. Du weißt, er war privat in keiner beneidenswerten Lage, und er hatte in seinem Leben einige

schlechte Entscheidungen getroffen, für die er nun den Preis bezahlen musste. Aber er war, wie die Bewohner von Kiani Village sagen, eine Seele von Mensch und hat sich um ihre Häuser so intensiv gekümmert, wie es hier nötig ist. Obwohl er mittellos war, ist er auf diese Weise zu einem geachteten Mitglied unserer Gemeinschaft geworden.

Lieber Papa, ich habe mich sehr gefreut, dass Du hier warst, und hätte mir so gewünscht, unser erstes Zusammentreffen nach so langer Zeit wäre anders verlaufen. Ich möchte nicht – jetzt schon gar nicht – darüber rätseln, ob es anders gekommen wäre, wenn Du und Ines euch ein wenig diplomatischer verhalten hättet, aber eigentlich steht mir das gar nicht zu, denn ihr wart ja vor allem die Leidtragenden. Das Haus, in dem die Geiselnahme stattfand, steht immer noch leer, und gestern Abend meinte Mister Jack, ob Du nicht dort einziehen wolltest. Ich verstand zuerst nicht recht, denn selbst wenn Du dieser sehr weit hergeholten Einladung folgen solltest, was würdest Du tun? Wovon würdest Du leben? Selbstverständlich hat Mister Jack das eine nicht vorgeschlagen, ohne sich über das andere, zusammen mit dem Polizeigeneral, Gedanken gemacht zu haben. Ich will es nicht umständlicher machen, als es ist, deshalb komme ich sofort zur Sache: Du kannst mietfrei in dem Haus wohnen, Du wirst unter dem besonderen Schutz Mister Jacks stehen. Wovon wirst Du leben? Vielleicht wird Dich Mister Jack einmal zu seinem Consigliere machen, aber das ist Zukunftsmusik. Vorerst ist es gut, wenn Du Dich um die Häuser in Kiani Village kümmerst und hier nach dem Rechten siehst. Auch in der Tauchschule gibt es genug zu tun. Vielleicht findest Du unseren Vorschlag ganz abwegig oder auch zynisch, aber er ist ernst gemeint und kommt, zumindest was mich betrifft, von Herzen.

Dein Erik

11.

Meine Tage beginnen früh und enden früh. Um sechs Uhr bin ich auf den Beinen, abends um neun im Bett. Ich führe ein friedliches Leben und habe nicht viel zu tun. Zum Frühstück esse ich frische Früchte aus meinem Garten. Am Vormittag sehe ich in den Häusern nach dem Rechten. Wenn etwas nicht in Ordnung ist, organisiere ich die Reparaturen. Suleiman hilft mir dabei. Es ist noch kein Problem aufgetaucht, für das er nicht schnell eine Lösung gefunden hätte. Ich kümmere mich um die Pools, was nicht viel Arbeit ist, ein, zwei Stunden am Tag, denn einheimische Jungs schlagen sich darum, mitmachen zu dürfen, ich bezahle sie gut. Am späten Vormittag besuche ich Erik in der Tauchschule. Meist ist er um diese Zeit vom ersten Tauchgang zurück. Hinter uns liegt eine Geschichte, die uns auf besondere Weise verbindet. Ich bin glücklich darüber, auch wenn diese Verbindung dunkle Anteile hat. Ich übe mich darin, gewisse Fragen nicht zu stellen. Das ist gut für den äußeren wie für den inneren Frieden. Die Geiselnahme? Ich denke jeden Tag an sie, wenn ich meinen Livingroom betrete. Dort knieten Ines und die anderen Bewohner, dort standen die vermummten Männer, dort Mister Jack und der Polizeigeneral. Ich erinnere mich an dieses und jenes Detail der Verhandlungen und frage mich, ob eine Möglichkeit bestanden hätte, mein Geld zu retten. Aber diese Gedanken bringen mich schon lange nicht mehr auf, und ich habe mir abgewöhnt zu fragen, ob sich nachträglich noch etwas ändern ließe. Es interessiert mich auch nicht mehr sonderlich, denn ich lebe in mehr als erträglichen Verhältnissen. Kiani ist sicher, sagen Mister Jack und der Polizeigeneral, sie hätten ein Abkommen mit Gobane getroffen, der die Küste gegenüber der Insel kontrolliere. Meine Frage, was Vereinbarungen mit Terroristen wert sind, behalte ich lieber für mich, denn noch bin ich nicht Mister Jacks Consigliere. Noch lange nicht.

Wegen der Überfälle, die, von außen betrachtet, jederzeit stattfinden können, kommen nicht mehr viele Touristen. Diejenigen, die sich noch zu uns wagen, versuche ich zu beruhigen. Wenn man alles richtig macht, kann nichts passieren. Doch selbst die Mutigen bleiben skeptisch und wären noch viel skeptischer, wenn sie die Wahrheit wüssten. Gegen Mittag setze ich über zur Boko-Boko-Bar. Ich halte mich bei den Drinks zurück, die neuesten Nachrichten sind es, die mich interessieren. Meist ist es nur unbedeutender Klatsch. Doch manchmal ist etwas über den amerikanischen Stützpunkt im Norden dabei, etwas über Gobane oder einen anderen Warlord, etwas über einen schrecklichen Unfall.

Hin und wieder verbringe ich einen Nachmittag mit Minka.

»Holm«, sagt sie, »war ein guter Mann. Aber er war einsam. Deshalb begann er zu trinken, und wenn er betrunken war, fuhr er ins Shakatak und holte sich Mädchen. Den Rest der Geschichte kennst du.«

Sie möchte nicht, dass ich wie Holm ende. Es gefällt mir, wenn sie sich um mich kümmert, aber Sorgen muss sie sich keine machen. Auf eine merkwürdige Art bin ich glücklich.

»Es fällt anfangs sehr schwer, alle Ambitionen aufzugeben, doch schon bald ist es die größte Befreiung, und alles, was dann kommt, nimmt man als Geschenk«, sagt Minka. Ich weiß nicht, ob ich schon so weit bin wie sie, aber ich glaube, sie hat recht.

Gelegentlich kommen E-Mails von Michael und Stefanie. Von Carla niemals. Von den Kindern höre ich, sie soll sehr glücklich sein mit ihrem neuen Mann. Ich leide also als Einziger noch an der Trennung von ihr. Da ich sie herbeigeführt habe, entbehrt dies nicht einer gewissen Ironie. Diese Ironie und die mit ihr einhergehende Bitterkeit sind alles, was mir noch gefährlich werden könnte. Ich halte sie auf Abstand, indem ich meinen täglichen Aufgaben nachgehe, die dem einen oder anderen lächerlich erscheinen mögen, was sie bestimmt auch sind. Allein, sie erhalten mich am Leben.